Laurence Caro

Entre Adultes

roman

Avril 2021

ISBN : 978-2-9543805-3-7

Editeur : LCA

Les Prés de Réchou

83550 Vidauban, France

Dépôt légal : mai 2021

Auteur : Laurence Caro

1

Il la regarda bouger un instant sans rien dire, puis sourit lorsque la jeune femme se tourna dans sa direction. Elle lui tira la langue et il eut vraiment l'impression, comme à chaque fois qu'il la regardait, du reste, que ce n'était qu'une gamine de seize ou dix-sept ans, une adolescente qu'il aurait illégalement détournée du droit chemin. Il frissonna légèrement et but une gorgée de champagne. Il avait chaud, la musique était assourdissante, les gens trop nombreux. La soirée lui paraissait de moins en moins agréable. La fille le rejoignit et se laissa tomber à ses côtés sur la banquette en lui adressant un sourire radieux.

« Tu t'ennuies ? demanda-t-elle devant son visage fermé.

— Non, je commence à être fatigué, c'est tout. Il est bientôt deux heures du matin.

— C'est parce que tu ne bouges pas. Si tu venais danser, ça te réveillerait ?

— Je crois que j'ai dépassé ce stade depuis longtemps. Même deux litres de café noir ne parviendraient pas à me tenir éveillé.

La fille pinça les lèvres en une moue boudeuse, mais se reprit aussitôt :

— Je vais conduire. Le club ne va pas tarder à fermer, de toute façon.

Elle posa d'un air distrait la main sur le genou de son ami et observa avec envie et nostalgie les danseurs qui continuaient à s'agiter sur la piste.

— On s'en va ? demanda le jeune homme.

— Si tu veux. »

Leurs mains se cherchèrent un instant, se trouvèrent et se séparèrent rapidement. La jeune femme se leva, jeta un dernier coup d'œil sur la piste envahie et s'écarta pour permettre au garçon de se lever à son tour. Au moment où ce dernier passait devant elle, elle le retint par le coude et glissa son bras sous le sien.

2

Assis au bord du lit, il la regardait dormir. L'appartement était immense. Assez grand, en conséquence, pour que deux personnes puissent y vivre sans se heurter continuellement l'une à l'autre. Il n'était pourtant pas sûr d'avoir fait le bon choix, en proposant à Camille de venir s'installer chez lui. Les encombrantes colonnes de marbre blanc du séjour – ornements dont son père avait toujours été friand – la luxueuse salle de bain carrelée de faïence du sol au plafond, la salle d'eau complémentaire, le dressing, les deux chambres post-modernes aux dimensions élyséennes, la vaste cuisine entièrement meublée en ronce de noyer et la splendide baie vitrée offrant une vue imprenable de la ville au pied de l'océan, avaient fortement impressionné la jeune femme. Trop, peut-être. Gilles craignait que son amie ne se complaise dans ce décor hors norme que par paresse et goût du luxe, ce qui eût été désastreux pour son avenir social, sentimental et familial.

Il sourit lorsqu'il vit Camille, dans son sommeil, tâtonner sur les draps à la recherche de son corps. Il lui abandonna sa main pour éviter qu'elle ne se réveille.

Gilles avait l'impression de vivre bien au-dessus de ses moyens, depuis qu'il avait hérité de l'appartement de son père. Son modeste salaire de conseiller financier ne lui aurait jamais permis d'investir dans un logement résidentiel de cet ordre, même s'il avait dû pour cela s'endetter jusqu'à la fin de ses jours. Il avait d'ailleurs bien assez de mal à s'acquitter du montant des charges attenantes.

Le chat bondit souplement sur le lit et Gilles l'écarta doucement de la silhouette de Camille. Il sentit la pression des doigts de la jeune femme sur son poignet, mais cette dernière ne se réveilla pas. Camille allait mieux, depuis quelques temps. Jusqu'alors, elle passait d'une phase de mélancolie profonde, durant laquelle elle doutait de tout et de tout le monde et faisait à Gilles des scènes terribles, à une phase de gaieté exubérante, parfois tout aussi épuisante que ses crises d'angoisse, mais moins pénible à gérer sur le plan émotionnel. Gilles préférait la voir ainsi, indiscutablement. Il ne savait jamais quoi faire pour la rassurer et désamorcer le processus paranoïaque dans lequel elle s'enfermait lors de ses soudains fléchissements d'humeur. Tout était bon, dans ces cas-là, pour essayer de lui changer les idées. Un jour, au beau milieu du repas, Gilles lui avait même demandé ce qu'elle pensait de l'idée de prendre un chien. Camille lui avait fait observer qu'ils étaient tous deux absents du matin jusqu'au soir, qu'il allait s'ennuyer, qu'ils ne sauraient pas à qui le confier lorsqu'ils voudraient s'absenter et qu'il leur faudrait sortir l'animal plusieurs fois par jour, qu'il pleuve ou qu'il vente, dans la mesure où l'appartement ne disposait pas d'un jardin. Bref, c'était trop de contraintes et leurs conditions de vie ne s'y prêtaient guère. Résultat, Gilles était rentré, le lendemain soir, avec un adorable chaton gris aux yeux cyan dans les bras. Dans le coffre de sa voiture, il avait tout l'attirail nécessaire à son entretien : litière, boîtes et croquettes « spécial chaton », panier en tissu, griffoir et bac à chat. Ce que Camille appelait élégamment les « fantaisies Gillesoises ».

La fantaisie en question se frotta contre les jambes de son propriétaire avec un bruit de diesel. De sa main libre, Gilles installa l'animal sur ses genoux et le caressa quelques instants, avant de le redéposer sur le sol et de se glisser sous les draps.

3

Camille ouvrit les yeux. Elle se tourna sur le ventre et appuya son menton glacé sur l'épaule de Gilles, réchauffant son visage dans le cou de son ami. Le chat, lové au creux de l'édredon, émit un grognement de mécontentement, bailla et s'étira lentement. Gilles le chassa d'un coup de pied à travers les draps. Le jeune homme se levait à sept heures toute la semaine : le week-end, il entendait pouvoir dormir en paix. Camille murmura quelque chose à propos du chat que Gilles ne comprit pas, referma les yeux et se blottit contre lui un peu plus. La peau de la jeune femme était si froide que Gilles frissonna et remonta draps et couvre-lit sur sa gorge. Il dormit ainsi jusqu'à dix heures passé, ce qui n'était pas si tard que ça, compte tenu du fait qu'il ne s'était couché qu'aux alentours de trois heures du matin. Lorsqu'il émergea définitivement de son sommeil, ce fut pour constater que Camille s'était rendormie et le chat réinstallé sur le lit ; entre leurs deux oreillers, cette fois. Le félin le regarda fixement quelques secondes, se leva et vint se frotter contre sa joue, sa queue de léopard glissant à hauteur des narines. Gilles retint un éternuement, tandis qu'il repoussait l'animal vers Camille d'un geste impatient.

« Qu'est-ce que tu lui veux, encore, à cette pauvre bête ? protesta Camille, réveillée en sursaut par le piétinement de l'animal sur son bras.

— Bonjour, mon cœur, répondit-il en déposant un baiser sur son front. Bien dormi ? »

Camille releva la tête et lui rendit son baiser. Puis elle se tortilla sous les draps à la recherche de chaleur, épiée par le chat qui finit par se couler contre son ventre avec une prudence de

9

couleuvre. Gille s'assit au bord du matelas, rejeta la tête en arrière afin de dégager ses yeux et se força à endurer les picotements désagréables du froid jusqu'à ce qu'il soit parfaitement réveillé. Il attrapa une mèche de ses cheveux entre les doigts, loucha dessus et se dit qu'il devrait retourner chez le coiffeur. Après quoi, il enfila son pull-over à tête de taureau « Chicago Bulls » et se dirigea vers la cuisine. Il mit la machine à café en route, fit rouler un pamplemousse rose de la corbeille à fruits sur le plan de travail et le trancha en deux à l'aide d'un couteau à lame d'acier, avant d'installer une première moitié du fruit sur le presse-agrumes électrique. Il ouvrit ensuite le réfrigérateur, en sortit le beurre et la brioche pré-tranchée. Machinalement, il remplit la gamelle du chat avec les débris de viande que Camille avait ramenés du restaurant la veille. L'animal, attiré par le froissement familier du papier de boucherie, passa entre les jambes de sa maîtresse au moment où cette dernière entrait dans la pièce, manquant la faire trébucher. La jeune femme, vêtue d'un long sweat-shirt qui lui tombait jusqu'aux genoux, s'était attaché les cheveux en arrière du crâne, ce qui ajoutait encore à l'aspect juvénile de son visage.

« J'aimerais que tu m'emmènes dans un bar de rencontres, un de ces soirs, dit-elle en s'asseyant.

— Qu'est-ce que tu appelles un bar de rencontres ?

Elle lui adressa un clin d'œil taquin.

— Tu sais, un de ces clubs privés où les gens font des folies de leur corps avec de parfaits inconnus...

— Pourquoi veux-tu aller dans un endroit pareil ?

— Comme ça, pour changer des boîtes de nuit.

— Tu es sérieuse ?

— Très sérieuse. Mais seulement pour voir ce qu'il s'y passe, bien sûr. Ça doit être marrant, un peu comme dans un sex-shop.

— Tu as déjà mis les pieds dans un sex-shop ?

— Oui, plusieurs fois. Pas toi ?

— Une fois, avec des amis, pour faire une blague à un copain qui enterrait sa vie de garçon. Si tu avais vu la tête de sa future femme quand elle a découvert notre cadeau...

— On ira ?

– Où ça ?

– Dans un bar de rencontres. Si tu veux tout savoir, ça fait partie de mes plus anciens fantasmes.

– Pourquoi ne l'as-tu pas réalisé avant ?

– La timidité, sans doute. Se décider à pousser la porte de ce genre de boîte, qui plus est sans être accompagnée, ce n'est pas évident pour une femme.

– Je t'annonce que ce ne serait pas plus évident pour moi.

– Tu ne l'as jamais fait ?

– Non. Désolé de te décevoir mais je n'ai jamais eu l'occasion, ni même la tentation, de visiter un endroit pareil.

– Alors que tu habites à deux pas de la capitale ?

– Figure-toi que mes petites amies ont toujours été d'une jalousie maladive, toi la première. Si moi je t'avais proposé d'aller dans un club de ce genre, tu m'aurais arraché les yeux. D'ailleurs, la conversation va tourner court, parce que je n'ai aucune adresse.

– Oh ! Tu veux rire ? Tu habites à trois heures à peine de Paris !

– Et après ?

– En dix ans, tu n'as jamais eu la curiosité d'aller faire un tour de nuit sur les Champs-Elysées ?

– Il n'y a pas que des Peep Show et des bars à putes, sur les Champs-Elysées.

– Et qu'y a-t-il d'autre ?

– Des immeubles, des boutiques, des restaurants, des cabarets... Je ne suis pas souvent sorti sur Paris mais j'ai assisté un soir au spectacle du Crazy Horse. Si tu veux, je t'y emmènerai.

– Où crois-tu qu'on pourrait se renseigner ? Il faudrait demander au patron du *Blue Night*, ils ont peut-être des tuyaux, dans les boîtes de nuit.

– Décidément, tu as de la suite dans les idées », répondit Gilles, posément affairé à dresser la table.

Camille ébaucha un sourire :

« Je croyais que tu appréciais cet aspect de ma personnalité ?

— Jusqu'à un certain degré.

Il croisa les bras et la regarda bien en face :

Eclaire moi sur un point : tu n'envisages pas vraiment d'avoir des relations sexuelles avec quelqu'un d'autre que moi ?

Camille haussa les épaules :

— Mais non, je t'ai déjà dit que c'était juste de la curiosité. C'est vrai, on ne reçoit jamais personne et quand on va à l'extérieur, c'est toujours dans les mêmes endroits. Changer un peu de décor pourrait être... je ne sais pas, moi... excitant. Enfin, quelque chose dans ce goût-là.

— Si tu veux voir du monde, invite tes collègues de travail à la maison.

— Ils sont d'un ennui mortel. Au restaurant ou à la maison, le problème sera le même.

— Le problème est là où tu le poses, répliqua Gilles, que le discours de Camille commençait à agacer. A partir de là, on ne va pas discuter cent sept ans. Si tu tiens vraiment à ce qu'on aille une fois dans une de ces boîtes pour paumés, afin que tu te rendes comptes de ce que c'est, on ira.

— Ne me traite pas comme une gamine à qui on passe tous ses caprices.

— Camille, je n'ai aucunement l'intention de te traiter comme une gamine mais le fait est que tu te comportes comme telle.

— J'en ai assez ! explosa la jeune femme, je ne peux rien te demander sans que ce soit aussitôt monté en épingle. Pour qui est-ce que tu te prends ? Tu crois peut-être que je t'ai attendu pour apprendre la vie ? Pour apprendre le sexe, aussi ? Ne t'en déplaise, je te rappelle que tu n'es pas ma première aventure.

Gilles fut blessé par le mot « aventure », mais il se garda de le montrer, devinant que la pointe était intentionnelle.

— Avoir une aventure est une chose, vivre avec quelqu'un en est une autre, répondit-il calmement.

— Autant que je le sache, tu n'as pas plus d'expérience que moi dans ce domaine.

— Je n'ai jamais prétendu le contraire.

Il lui servit une tasse de café noir.

    — Je n'ai pas envie qu'on se dispute », reprit Camille, les larmes aux yeux.

Gilles la regarda, un peu surpris.

« Moi non plus.

Il tendit la main vers son visage, souleva son menton du bout des doigts :

Un petit sourire ? » demanda-t-il d'un ton engageant.

Camille se détourna.

« Arrête, dit-elle en repoussant sa main. Je viens de te dire que je n'étais plus une petite fille. Je suis fatiguée d'avoir à te le répéter sans arrêt.

    — Le fait d'être une grande fille te dispense-t-il de me faire un sourire ? » demanda Gilles en se forçant à sourire en guise d'encouragement.

Camille se leva et repoussa sa chaise avec humeur, prête à quitter la pièce, mais Gilles l'arrêta, prit son visage entre ses mains et pressa doucement ses lèvres contre les siennes, jusqu'à ce qu'elle cède devant son insistance et lui rende son baiser.

4

« Gilles, téléphone pour toi ! hurla la standardiste à l'autre bout du couloir.

— Ligne 10 ! » s'époumona-t-il en retour.

Il attendit, main sur le combiné, que l'appareil se mette à sonner, puis il décrocha.

« Allô ? »

Son collègue, assis de l'autre côté du bureau, lui jeta un coup d'œil interrogateur. Le directeur d'un cabinet d'assurance devait les rappeler pour discuter de leurs nouvelles conditions de partenariat.

« C'est personnel », lui dit Gilles en couvrant l'écouteur.

Anthony hocha la tête et se remit à taper sur le clavier de son ordinateur.

« Excuse-moi, je t'écoute... reprit Gilles en enlevant la main de devant l'appareil.   Absolument pas... Que se passe-t-il ? ... Je n'en sais rien, trésor... On étudiera la question ce soir, si tu veux bien... Moi aussi. A tout à l'heure, ma belle.

— Mince alors ! s'exclama Anthony d'un ton jovial après qu'il eût raccroché. T'es macqué ?

— Assez récemment » répondit Gilles en souriant.

Son camarade se pencha en avant, l'air faraud :

« Franchement, dis-moi ce que tu as et que je n'ai pas, pour arriver à les appâter.

— Une mère pleine aux as, répondit Gilles en lui jetant un regard moqueur.

— Sans rire ?

   – Sans rire, affirma Gilles, redevenu sérieux. Mais je ne pense pas que Camille s'intéresse à ce genre de détail.

   – C'est un chouette prénom, Camille. Et t'es accroc, naturellement ?

   – Ce n'est pas impossible, commenta Gilles, amusé.

   – Elle est jolie ?

   – Sublime.

   – Dans ces conditions, j'imagine que je n'aurai jamais le plaisir de dîner en sa compagnie, sans parler du reste...

   – Le reste n'est pas négociable, mais pour le dîner, tu peux toujours venir manger à la maison, un de ces soirs. Je te la présenterai, elle se plaint justement du fait que nous n'invitons pas assez.

Antony hésita, vaguement gêné.

   – Pourquoi pas ? lâcha-t-il enfin. Elle n'a pas une sœur à me présenter, par hasard ? Ou une copine, je ne suis pas difficile.

   – Ton instinct de chasseur te perdra, Casanova.

   – Ne reniez pas votre patrie d'origine, monsieur Manzotti ! plaisanta le jeune homme, index levé. Nous autres italiens avons la séduction dans le sang. »

Gilles secoua la tête, sourire aux lèvres. Anthony, que tout le monde au bureau appelait Tony, était un de ses collègues qu'il appréciait le plus. Ils travaillaient ensemble depuis plus d'un an et Gilles l'avait spontanément épaulé au moment où, jeune recrue, Tony avait dû prendre ses fonctions dans les locaux de la boîte. Dès le premier contact, la gouaille et la gestuelle typiquement latines du jeune homme le lui avaient rendu sympathique. Il le considérait aujourd'hui comme un excellent camarade, avec lequel il plaisantait volontiers, sans doute à cause de leurs origines communes.

« C'est sérieux ? demanda finalement Tony avec un demi sourire.

   – Quoi donc ?

   – La fille avec qui tu sors.

   – On vit ensemble.

Tony avait toujours le regard de quelqu'un à qui l'on faisait une mauvaise plaisanterie dont il n'était pas dupe :

    – Depuis combien de temps ?

    – Environ six mois. Vendredi soir, ça t'irait, pour le repas ?

    – Heu... Parfait.

Gilles griffonna son adresse sur une carte de visite et la lui tendit par-dessus le bureau.

    – A vingt et une heures ?

    – A vingt et une heures. »

Camille entrait à nouveau dans une mauvaise passe. Gilles songea que voir de nouvelles têtes la distrairait, la forcerait à sortir de sa coquille, à se montrer plus aimable. Elle lui avait posé une curieuse question, tout à l'heure, au téléphone. Gilles ne comprenait pas où elle voulait en venir, mais il était inutile de s'en préoccuper dès à présent parce qu'il saurait bien assez tôt de quoi il retournait. Son regard se posa sur une pile de dossiers à traiter : il n'avait décidément pas le temps de rêvasser.

5

Assis devant la télévision, le chat sur ses genoux, Gilles regarda sa montre encore une fois. Camille n'allait plus tarder à arriver, maintenant. Gilles avait soupé depuis près de deux heures et il commençait à avoir sommeil. Il se frotta les yeux, gratta amicalement l'échine de l'animal, qui pétrissait ces genoux avec force ronronnement, puis décida d'éteindre le téléviseur et d'aller poursuivre dans son lit la partie de *Street Fighter* qu'il avait entamée la veille sur sa console de jeux vidéo (le genre de distraction « *stupide et violente* » que Camille détestait).
Le bruit des clefs dans la serrure le fit renoncer à son projet.
Camille entra en claquant des talons pour empêcher le chat de se frotter à son pantalon de cuir blanc.

« Va te changer, dit Gilles en soulevant le chat d'une main, je vais lui donner à manger, pendant ce temps. »

La jeune femme disparut dans la chambre à coucher, avant de rejoindre son ami dans la cuisine vêtue d'un polo gris et d'un pantalon de toile denim bleu foncé. Gilles se sentit happé en arrière par des bras qui enserraient sa taille et se détendit à la douce sensation de chaleur qui irradiait dans son dos.

« Quelle journée de merde, souffla Camille dans son cou. Si tu savais le monde qu'on a eu, je n'ai pas arrêté une minute.

   — Tu as eu le temps d'avaler un morceau, au moins ?

   — Je ne l'avais pas, mais je l'ai pris quand même.
Camille embrassa Gilles sur la joue et relâcha son étreinte.

   — Tu as réfléchi à ce que je t'ai demandé ce matin ? Après tout, on est déjà en novembre, il faudrait y songer.
Gilles fronça les sourcils.

- Songer à quoi, au juste ? Je ne prévois jamais rien de spécial, pour cette période de l'année, tu sais. Je passe Noël en famille, rien d'original.
- Et moi ? demanda Camille, qui s'était assise, le menton dans les mains.
- Comment ça, et toi ? répéta Gilles, la dévisageant. Tu ne rejoins pas ta famille ?
- Tu es pressé de me voir laisser la place, ça fait plaisir.

Gilles chassa la remarque d'un geste impatient.

- Ce n'était pas mon propos. Tu n'avais pas l'intention d'aller réveillonner avec tes parents ? enchaîna-t-il, le front soucieux.
- Tu sais bien que ça va faire deux ans que je ne les ai pas vus. Nous n'échangeons plus guère que des courriers et quelques coups de téléphone.
- Où as-tu passé les fêtes, l'an dernier ?
- Avec ma sœur, dans sa belle-famille.

Gilles se rembrunit, mais s'abstint de faire le plus petit commentaire.

- Je sais très bien ce que tu penses d'elle.
- Je n'ai rien dit.
- Tu n'as pas besoin de parler, quand tu fais cette tête-là...
- Camille, ce n'est pas la question, la coupa Gilles. Il s'agit de tes parents. Ils t'ont envoyé une carte et un chèque pour ton anniversaire – chèque qui, au passage, nous a permis de remplacer la télé. Quoi qu'ils puissent penser de tes choix de vie, ils ne veulent pas perdre le contact avec toi. Ils t'aiment, je suis sûr que rien au monde ne pourrait les rendre plus heureux que de t'avoir à leur table le jour de Noël.
- C'est possible, mais j'ai envie de passer les fêtes avec toi. Comme un couple normal.
- Où es-tu allée pêcher ça ? demanda Gilles, interdit. A Noël, la plupart des couples se séparent pour se rendre dans leur famille respective.

– Je croyais que chaque année, ton frère allait réveillonner chez votre mère avec sa femme et leur fille. Ce n'est pas ce que tu m'avais dit ?

Gilles resta un moment silencieux, les bras le long du corps.

– Qu'est-ce que tu veux que je réponde à ça ?

Camille se força à sourire.

– Rien. J'espérais que nous pourrions être ensemble, le soir de Noël. Ça aurait eu quelque chose (elle hésita) d'officiel.

– Mon amour, je t'assure que j'en serais ravi, mais je ne vois ma mère qu'une fois par an. Elle mourrait de chagrin si je lui annonçais que je ne venais pas.

Camille hocha la tête.

– Je comprends. Et que je t'accompagne n'est pas envisageable, j'imagine.

Gilles tira une chaise et s'assit en face d'elle.

– Je t'avouerais que je n'y avais pas pensé.

– Et maintenant que tu y penses ?

– Je me dis que tu ne devrais pas passer Noël, qui est une fête de famille, parmi des étrangers, répliqua-t-il fermement.

– Je ne pensais pas que nous étions étrangers l'un à l'autre, excuse-moi, commenta Camille.

– Arrête ! Tu déformes mes paroles et tu le sais parfaitement. J'essaie de t'expliquer que tu n'as pas plus de lien avec ma famille que tu n'en avais avec celle de ton beau-frère. C'est... (il agita les mains). C'est incompréhensible, enfin, comment imagines-tu une seconde pouvoir passer Noël avec des gens que tu n'as jamais ne serait-ce qu'une seule fois rencontrés auparavant ?

– Tout simplement parce que je n'imagine pas une seconde pouvoir passer Noël avec des gens, fussent mes propres père et mère, qui me considèrent comme une brebis égarée. Leur condescendance m'est encore plus insupportable que leur manque de regret absolu pour le mal qu'ils nous ont fait, à ma sœur et à moi. »

Gilles se tut et regarda un moment la jeune femme tordre ses mains l'une contre l'autre avant de les dissimuler sous la table. Son visage s'était durci et sa bouche s'était affinée en lame de rasoir. Gilles sentit la colère de Camille envahir la pièce, aussi sûrement que les radiesthésistes sentent les bonnes ou mauvaises ondes qui émanent d'un objet.

« Ne t'énerve pas », dit-il à voix basse.
Camille passa les mains sur son visage et soupira.

« Essaie tout de même de savoir ce que tes parents ont prévu de faire, reprit Gilles. Les fêtes de Noël sont une bonne occasion de vous réconcilier. Commence déjà par leur demander comment ils se sont organisés et vois s'ils t'invitent ou pas. Après, tu aviseras.

- Je n'ai aucune envie de passer les fêtes avec eux.
- Camille, ce sont tes parents. Tu n'en auras jamais d'autres, tâche au moins d'y réfléchir.
- A quoi ça m'avancera ?
- S'il te plaît...
- Ça va, ça va, très bien, je vais y réfléchir, capitula Camille.
- Au fait, dit vivement Gilles, j'ai invité un de mes collègues de bureau à dîner, vendredi soir ; ça ne pose pas de problème ?
- Aucun », répondit la jeune femme avec un geste indifférent de la main.

Elle observa son compagnon avec curiosité pendant une ou deux minutes, puis lui sourit :
« On se fait un *direct live*, ce soir ? »

Gilles se tapa du poing sur la poitrine, poussa un hurlement de loup à la Tex Avery et se mit à rire avec bonne humeur. Né d'une plaisanterie de mauvais goût formulée au cours d'une soirée particulièrement rébarbative, *direct live* était devenu une sorte de code, entre eux, lorsqu'ils avaient envie de faire l'amour.

« Va d'abord prendre une douche, tu sens le graillon », répondit-il en plissant le nez.

Camille se leva et lui tendit la main par-dessus la table dans une attitude faussement naïve.

« Tu viens avec moi ? Il faut que quelqu'un me frotte le dos. »
Gilles repoussa sa chaise, posa une main sur la nuque de son amie et lui déposa un léger baiser au coin des lèvres. Camille se dégagea brusquement, le prit par les poignets et, l'entraînant à sa suite, se dirigea à reculons vers la salle de bain.

6

Rencontrer quelqu'un dans une boîte de nuit facilite grandement les manœuvres d'approche. Lorsque vous faites connaissance avec une personne du sexe opposé dans ce genre d'établissement, vous pouvez être à peu près certain que vous êtes tous deux sur la même longueur d'onde. Les risques pratiques de faux pas sont inexistants. Ce qui est loin d'être le cas lorsque la rencontre s'effectue hors milieu noctambule, par le biais du hasard.
Camille s'était toujours demandée si Gilles avait su dès le début, ou si, comme elle, il avait craint durant plusieurs semaines de commettre une erreur, de déplaire ou de paraître ridicule.

Lorsque elle habitait encore dans sa ville d'origine, Camille avait fait plusieurs rencontres intéressantes - des hommes comme des femmes - dans des endroits comme le *No man's bar* et *L'Italique*, mais aucune qui ait jamais débouché sur une relation sérieuse. Son arrivée dans le nord du pays lui avait fait l'effet d'une douche froide : elle ne connaissait aucun quartier animé, aucun moyen d'avoir des contacts, de se construire une vie sociale. Elle n'avait pas d'emploi, pas d'amis, pas d'adresse, hormis celle de sa sœur, qui l'avait hébergée pendant presque un an. Le concubin de sa sœur était un marocain qui devait avoir dans les vingt-sept vingt-huit ans - même si elle avait d'abord cru qu'il n'en avait pas plus de vingt-deux – d'allure jeune, au débit de paroles rapide et haché. D'emblée, il lui avait fait penser à un de ces adolescents agités et joyeusement bruyants qui hantaient le quartier arabe de son ancienne ville, se hélaient d'un trottoir l'autre, sifflaient les demoiselles et demandaient aux passants, d'une voix forte mais néanmoins courtoise, une cigarette ou deux. Mahdi était l'aîné d'une famille de cinq enfants – trois garçons et deux filles – et travaillait à l'épicerie de son père, un homme serviable et souriant, dont Camille se souvenait très bien.

Les premières semaines de cohabitation avec son beau-frère s'étaient déroulées sans heurts. Il était franc, exubérant, enclin à la plaisanterie obscène, si terriblement impudique qu'il en était attachant. Dès le premier soir, il s'était baladé devant elle en caleçon et chaussettes, sa brosse à dents bosselant l'intérieur de sa joue, la mousse blanche du dentifrice débordant de sa bouche avec de petites bulles d'air et de salive mélangés. Puis Cléa, la sœur de Camille, avait déplié le canapé-lit, mis des draps propres, un oreiller neuf et une couverture en laine angora. Camille ne se sentait pas vraiment chez elle, mais la vue de ces préparatifs l'avaient apaisée : elle était attendue, sa place était prévue. Elle avait mal dormi, cette première nuit. Sa sœur, qui l'avait entendu se lever, était venue la rejoindre dans la salle de séjour et elles avaient longtemps discuté de leur vie respective. Camille aurait cru qu'après six années de séparation, les choses se seraient passées différemment. Elle avait imaginé de la gêne, des effusions, peut-être bien des larmes lorsque sa sœur lui ouvrirait la porte et la reconnaîtrait... Un vrai scénario de film. Au lieu de ça, Camille avait téléphoné avant de faire le voyage et Cléa était venue la chercher à la gare. Elles s'étaient fait la bise, tout bonnement, à la suite de quoi Cléa avait pris son sac pour le mettre dans le coffre de son break.

« C'est tout ce que tu as comme bagages?

– Oui, j'ai préféré ne pas m'encombrer, je ne sais pas combien de temps je vais rester.

– J'espère que tu as pris de quoi te couvrir. Ce n'est pas le moment de tomber malade, tous les médecins sont en grève. »

Sur le trajet, elles avaient échangé quelques banalités sur le temps qui passe, Cléa avait demandé des nouvelles de leurs parents, Camille avait voulu savoir en quoi consistait exactement la profession d'auxiliaire médicale, si sa sœur l'exerçait en cabinet privé ou en milieu hospitalier et depuis combien de temps. La conclusion de cet entretien fut que leurs parents se portaient bien, que Cléa accueillait et préparait les patients d'un praticien indépendant dans un cabinet dentaire du centre ville depuis deux ans, et que Camille pouvait loger chez sa sœur aussi longtemps qu'elle le désirait. Camille avait été sensible à cette proposition mais s'était mise en devoir de commencer à chercher du travail dès le lendemain, car elle n'entendait pas être une charge pour le jeune ménage. Dans la semaine qui avait suivi, elle avait obtenu un poste de serveuse dans un snack-bar essentiellement fréquenté par les étudiants du lycée voisin. Cet emploi lui permettait de se charger des courses de première nécessité, alimentation, produits d'hygiène et ménagers. Elle participait ainsi aux dépenses quotidiennes, sa sœur et son beau-frère ayant refusé quel s'acquittât d'une partie du loyer sous prétexte que la somme due était la même, que la jeune femme partage ou pas leur appartement.

Cléa avait trois ans de plus que sa sœur est une assurance remarquable. Camille ne se rappelait pas l'avoir jamais vue si vindicative du temps où elles habitaient encore chez leur parents. En fait, la terreur qu'elle avait éprouvée la première fois qu'elle avait assisté à une dispute entre Mahdi et Cléa venait du fait que cette dernière, loin de se laisser intimider par les menaces de son compagnon, lui tenait tête avec une égale violence. Il lui crachait au visage des insultes en arabe, elle en français, et elle avait à peine grimacé lorsqu'il l'avait envoyée heurter la table des reins. Camille, elle, n'avait pas pu s'empêcher de crier. Mahdi l'avait dévisagée avec surprise, puis avait brusquement quitté la pièce. Cléa, tout sourire, était alors venue vers sa sœur et l'avait affectueusement secouée par les épaules :

« Hé ! Remets toi, on dirait que tu as vu un revenant. On s'engueule de temps en temps, mais ça n'a rien de dramatique. Tu en verras d'autres, crois-moi. »

Camille avait docilement acquiescé, le cœur battant et la gorge sèche. Dix minutes plus tard, lorsqu'elle était entrée dans le séjour afin de récupérer sa veste, son beau-frère, enfoncé dans le sofa la télécommande à la main, lui avait demandé quel programme elle voulait regarder et si elle souhaitait prendre un apéritif.

C'est ce soir-là que Camille avait découvert *le Loupiot*, un pub très *frenchie*, avec une minuscule piste de danse et une salle de billard. Il n'avait rien de particulièrement original ou attrayant, mais l'ambiance était bonne et il restait ouvert jusqu'à trois heures du matin. Camille avait remarqué l'enseigne, un petit loup noir sur fond jaune, et était entrée, poussée par la curiosité, avec l'intention de commander une bière et de s'en aller ensuite. Au lieu de ça, elle était restée deux bonnes heures, avait été abordée par trois hommes, qui n'avaient pas insisté devant sa volonté de rester seul - le pub n'était manifestement pas au lieu de drague - et avait renouvelé par trois fois sa consommation. Elle était retournée à l'appartement vers les trois heures du matin. Sa sœur et son beau-frère dormaient paisiblement et elle prit bien garde de ne pas les réveiller. Ça lui faisait drôle, aujourd'hui, de penser que c'était dans un endroit pareil, fréquenté par des couples, des bandes d'amis, des cœurs solitaires à la recherche d'un peu d'animation et de chaleur, que Camille avait fait la connaissance de ce fanfaron de Gilles.

7

Gilles poussa un long soupir et se tourna sur le coté, le visage braqué sur celui de Camille, couvert de taches de rousseur désarmantes. Il n'avait vraiment pas envie d'aller travailler, aujourd'hui. Un instant, il songea téléphoner au bureau en prétendant être malade, mais, bien entendu, il n'en fit rien. Camille remua doucement sa tête sur l'oreiller et sourit avant même d'avoir ouvert les yeux. Il caressa ses cheveux machinalement, puis la serra dans ses bras. Elle se laissa faire un instant, répondit tendrement au baiser qu'il appliqua sur ses lèvres et finit par le repousser doucement, quoique fermement, sur le coté.

« Tu vas être en retard, lui dit-elle d'une voix paresseuse.

— Je sais.

Il replongea le nez dans son oreiller.

— Allez, debout ! s'écria Camille en le bousculant. Après je vais me rendormir et tu vas me réveiller en te levant en catastrophe. »

Gilles s'assit dans le lit et se frotta les yeux. Il repoussa les draps, laissa son regard s'attarder sur l'épaule blanche de Camille, que l'ample t-shirt en coton qu'elle portait pour dormir avait laissé s'échapper. À la lisière du tissu, vers l'omoplate, la peau blanche était piquetée de bleu sombre et de rouge. Gilles reconnut l'esquisse d'une griffe dans les traits d'encre qui couraient sous la surface du corps de la jeune femme. Il se souvint de la première fois où elle s'était déshabillée devant lui, au bout de leur troisième rendez-vous.

« Tu vas avoir une surprise » lui avait-elle dit, taquine, en retirant son chemisier.

Il souriait poliment, tâchant de maîtriser son impatience :

« Vraiment ? »

Elle avait dégrafé son soutien-gorge et pivoté brusquement sur elle-même, lui présentant son dos.

« Qu'en penses-tu ? » avait-elle demandé d'une voix de petite fille espiègle qui espère choquer ses parents.

Un tatouage. Gilles avait soulevé les cheveux de la jeune femme pour l'apercevoir dans son ensemble. Le motif n'avait rien d'original : une panthère, toutes griffes dehors et la gueule ouverte sur un feulement censé exprimer la menace. La qualité du dessin elle aussi n'avait rien de particulièrement extraordinaire. Ce qui avait frappé Gilles, c'était la manière dont l'animal s'enroulait sur le dos de la fille, de sa chute de reins jusqu'à son épaule gauche. Le jeune homme avait pris l'air horrifié. Et il l'était, mais non par le tatouage en lui même. Une image déplaisante, voir inconvenante, venait de s'imposer à son esprit :

« Mais tu as dû te mettre à moitié à poil devant ce mec et rester comme ça pendant des heures pour qu'il puisse te faire un truc pareil !

Elle avait ri, un peu désarçonnée par sa réaction exagérément machiste.

- Le studio était très mal chauffé et j'en ai été quitte pour un bon rhume, avait-t-elle avoué.

- Tu as ça depuis quand ?

- Deux ans. Je me le suis payé pour mes dix-huit ans. Toutes mes économies y sont passées, mais ça valait le coup, non ?

- Tes parents n'ont rien dit ?

- Ils ont hurlé, tu parles ! Ils m'ont dit que j'étais folle, que j'avais définitivement gâché mon avenir et que je le regretterai toute ma vie.

- Il faut reconnaître que ce n'est pas très discret, avait remarqué Gilles en observant la fresque d'un air dubitatif.

- J'espère bien. Au moins, je suis sûre de ne jamais être une conquête parmi tant d'autres. Avoue que tu n'es pas prêt de m'oublier... »

Il sourit. Non, il n'était pas prêt de l'oublier, la jolie Camille, avec son caractère de chien et sa panthère dans le dos. Elle avait même sacrément bien planté ses griffes dans sa vie à lui, pauvre diable, et il aimait plutôt ça.

8

Camille sortit péniblement du lit à neuf heures et demie. Elle prenait son service à onze heures et devait donc quitter l'appartement à dix heures trente. Elle frissonna, bras croisés, en glissant les pieds dans ses pantoufles en éponge. Dans la cuisine, elle alluma la cafetière électrique et posa ses mains sur le conteneur en verre pour récupérer un peu de sa chaleur. Deux tranches de brioche dorée jaillirent du grille pain avec un bruit sec qui la fit sursauter. Gilles avait l'habitude de programmer l'appareil tous les matins pour que Camille n'ait plus qu'à mettre les pieds sous la table. Il lui sortait aussi sa grande tasse jaune, une cuillère à café, un couteau pour étaler le beurre et la confiture et une serviette de table propre. Lorsqu'elle entrait dans la cuisine, la jeune femme n'avait qu'à appuyer sur un bouton pour faire chauffer son café, puis à sortir beurre et confiture du réfrigérateur. Camille alluma la radio, régla la fréquence sur NRJ (Gilles la mettait toujours sur France Inter) et ondula légèrement du bassin, d'un mouvement mécanique dont elle n'avait pas conscience, au rythme de la musique. Le chat, assis sur un coin de la table, contemplait sa maîtresse d'un œil méditatif, remuant alternativement l'une et l'autre oreille, tandis que la jeune femme commençait à chantonner. Elle finit par s'asseoir, remplit sa tasse d'arabica, en but une gorgée, trouva le breuvage trop fort et le rallongea à l'eau du robinet. Elle ne mangea qu'une seule des deux tranches de brioche que Gilles lui avait préparées et alla s'enfermer dans la salle de bain durant une bonne demi-heure. Une fois douchée, coiffée, maquillée et vêtue, Camille passa plusieurs minutes à chercher ses clés de voiture, qu'elle retrouva finalement dans la poche de sa parka.

Elle claqua la porte derrière elle, fit rugir le moteur usé de sa vieille automobile rachetée deux cents euros à la casse et rafistolée par un ami mécano de Gilles, puis calcula qu'il lui faudrait encore faire un plein complet d'ici la fin de la semaine, ce qui allait considérablement déséquilibrer le budget du mois en cours. Si seulement Gilles n'avait pas vendu sa moto l'an dernier pour s'acheter une voiture à la place, elle aurait pu la récupérer. Un deux-roues lui aurait amplement suffi pour faire les trajet du domicile à son lieu de travail et lui aurait coûté moins cher à l'entretien. Elle se mordit la lèvre inférieure, s'efforça de se concentrer sur la route et arriva au restaurant avec dix minutes d'avance. Elle salua ses collègues, prit son carnet de commande, un stylo et se dirigea vers une table à laquelle deux clients bavardaient tranquillement en attendant qu'on s'occupe d'eux. En dépit du fait que Camille s'inquiétait un peu d'avoir à recevoir à la maison un collègue de Gilles pour le souper, la journée commençait tout à fait normalement.

9

Camille finissait son service à vingt-et une heures, aussi Anthony était-il déjà arrivé depuis un bon trois quarts d'heure lorsque elle poussa la porte de l'appartement. Gilles fit les présentations et attira son attention sur le superbe bouquet de roses que leur hôte avait apporté.

« J'ai hésité entre des fleurs ou des porte-jarretelles, mais je me suis dit que l'avantage des fleurs était que je pourrai en profiter », fit Tony d'une voix égale.

Camille, déconcertée, gardait un sourire poli sans savoir quoi répondre. Gilles éclata de rire :

« Il plaisantait, chérie. Mon camarade est un grand blagueur.

—   J'avais compris, rétorqua la jeune femme, inutile de me faire passer pour une imbécile.

Elle se tourna à nouveau vers Tony avec son sourire le plus poli et le moins naturel :

Vous m'excuserez, je vais me changer, j'en ai pour une minute. Ravie d'avoir fait votre connaissance.

Moi de même », répondit Tony, rompu aux automatismes de la bienséance.

Mauvais démarrage, songea Gilles, la soirée s'annonçait mal.

Camille fut plus longue à se changer que prévu, parce qu'elle prit également une douche et retoucha son maquillage. Gilles avait préparé des truites en papillote et des pommes de terre sautées à la crème. Pour éviter qu'elles ne refroidissent, il commença à servir le repas sans l'attendre. Lorsqu'il entendit tourner le verrou de la salle de bain, Gilles s'empressa d'aller chercher à la cuisine la part de son amie, qu'il avait laissée dans le four à faible thermostat.

« Bon appétit, fit-elle en s'asseyant.

— Nous avons préféré nous mettre à table pendant que c'était encore chaud, expliqua prudemment son compagnon. J'avais peur que les truites ne se dessèchent, si je les laissais dans le four.

— Vous avez bien fait, dit Camille en souriant. J'espère que vous ne m'en voulez pas de vous avoir abandonnés, reprit-elle à l'adresse de Tony, je suis une très mauvaise maîtresse de maison. Je ne suis pas là pour accueillir mes invités et aussitôt arrivée, je cours m'enfermer dans ma chambre, ce qui est contraire à toutes les règles de l'hospitalité.

— Ne vous inquiétez pas, la rassura son interlocuteur, j'ai toujours pensé que la qualité essentielle d'une femme était de savoir se faire désirer.

Camille sourit à peine, trouvant la formule banale et déplacée.

— Oui, enfin, pas trop », intervint Gilles avec un clin d'œil taquin.

Le repas se poursuivit dans une atmosphère détendue de cours de lycée. Les garçons se racontaient des histoires de bureau que Camille trouvait sans intérêt, bien qu'elle hochât poliment la tête en souriant lorsque l'un ou l'autre des deux potaches la prenait à parti. Gilles déboucha une seconde bouteille de vin blanc et resservit tout le monde d'autorité. Comme il buvait et parlait en même temps, il renversa un peu d'alcool sur le col de sa chemise.

« Tu n'es même pas capable de boire proprement, s'exclama Tony. Mais qu'est-ce qu'elle peut bien te trouver ?
Gilles se mit à rire.

— Je n'en ai aucune idée. Demande-le-lui.

— Dites-moi Camille... Peut-être pourrions nous nous tutoyer, ce serait plus simple... ?

— Faites comme vous le sentez, répondit-elle d'un ton si impersonnel que Tony renonça à son entreprise.

— Entendu. Je voulais vous demander ce qui vous poussait à rester avec ce type, fit-il en affectant une moue dégoûtée des plus cocasses. Est-ce que c'est un surdoué du sexe ?

Camille écarquilla les yeux.

    – Me permettez-vous de faire une observation ? demanda-t-elle.

Gilles, sentant venir l'orage, fut brusquement dégrisé.

    – Camille, s'il te plaît, nous avons tous un peu trop bu...

    – En effet. Je pense, messieurs, qu'il serait plus raisonnable de freiner votre consommation. D'autant plus, il me semble, que vous conduisez, dit-elle en se tournant vers Tony .

    – C'est exact, d'ailleurs je ne vais pas tarder à y aller, répliqua-t-il, embarrassé.

    – Allons, Allons, tu prendras bien un café, lança Gilles allégrement.

    – Je vais le faire », dit Camille en se levant.

Gilles se leva à son tour, s'excusa auprès de son collègue et rejoignit son amie dans la cuisine. Elle s'affairait devant la cafetière électrique. Il s'approcha d'elle les mains dans les poches et posa son menton sur son épaule, comme un chien mendiant les restes de la table.

« Tu vas me faire renverser le paquet, dit-elle tandis qu'elle remplissait le filtre en papier d'arabica moulu.

    – Sois gentille, il pousse parfois le bouchon un peu trop loin mais il n'est pas méchant.

Elle le regarda, surprise :

    – Gentille ? Est-ce que j'ai été désagréable ?

    – Non, mais je sens bien que ce n'est pas l'envie qui t'en manque.

    – Et alors ? Est-ce que c'est un crime ? J'ai le droit de penser que ton copain est un connard, non ? Ça n'engage que moi, après tout.

    – Ce n'est pas un connard, protesta mollement le jeune homme. Et puis ne parle pas si fort, il va t'entendre.

    – Ecoute, je vais continuer à sourire, lui servir son café et après il s'en ira. Inutile de préciser qu'après ça, je ne veux plus jamais avoir affaire à lui. Si tu tiens à le réinviter, débrouille-toi pour que ce soit en mon absence.

    – Camille... geignit Gilles.

– Tu devrais retourner au salon, ce n'est pas poli de laisser seuls ses invités. »

Gilles poussa un profond soupir et sortit de la cuisine, maussade et irrité. Il se laissa tomber dans un fauteuil et croisa les jambes sur la table basse. Camille, un plateau dans les mains, les enjamba sans mot dire et fit le service. Elle s'assit ensuite en tailleur sur le tapis, silencieuse, les yeux rivés sur le contenu de sa tasse.

« Mon petit vieux, dit Gilles à son camarade avec un demi-sourire, reste célibataire le plus longtemps possible, crois-moi.

– Tu tiens vraiment à dormir sur le sofa ? demanda Camille sans lever le nez et d'un ton parfaitement neutre.

– ...à moins, bien sûr, reprit Gilles, que tu n'aies comme moi trouvé la perle rare. »

Tony eut un petit rire prudent. Camille secoua la tête sans pouvoir s'empêcher de sourire. Gilles, satisfait de son tour de cabotinage, se pencha en avant et embrassa la masse de cheveux blonds de la jeune femme.

10

Dimanche. Treize heures quinze. Gilles regarda sa montre encore une fois. Camille et lui auraient déjà dû être sur la route, à cette heure-ci, si sa compagne n'avait pas perdu autant de temps dans la salle de bain, évidemment. Gilles avait de plus en plus de mal à garder son calme. Il ne tenait pas particulièrement à arriver en avance chez sa belle-sœur, mais il avait horreur d'attendre, surtout pour quelque chose qui ne lui procurait aucune espèce de plaisir : plus vite ils seraient sur place, plus vite ils dîneraient et plus vite ils pourraient rentrer chez eux. Pour s'occuper, il se passa les mains dans les cheveux une énième fois devant la glace de l'entrée et arrangea une ou deux mèches rebelles qui lui chatouillaient le visage.

« Tu ne préfères pas un peigne, pour changer ? demanda Camille, qui enfilait sa veste.

— On peut y aller ? questionna-t-il retour.

— Oui, on y va. »

Gilles la regarda se diriger vers la porte. Elle portait des tennis blanches, un jeans délavé et un pull marin, par-dessus lequel elle avait mis sa vieille veste en agneau élimée au niveau des coutures. Dire qu'il avait fallu à Camille plus de deux heures pour s'habiller en jeans-baskets ! Il jeta un dernier coup d'œil devant la glace avant de sortir : lui aussi avait choisi une tenue décontractée... mais la passer ne lui avait pris que trois minutes.

Dans la voiture, Camille le recoiffa avec ses doigts et lui reprocha de ne pas être allé chez le coiffeur, comme il avait prévu de le faire depuis trois semaines. Gilles lui répondit qu'il n'en avait pas eu le temps et Camille lui fit remarquer qu'il aurait au moins pu faire l'effort de se laver la tête pendant qu'elle se préparait. Elle ajouta que s'il avait pensé à le lui demander, elle aurait pu elle-même couper les mèches qui lui tombaient devant les yeux. Le jeune homme serra les poings sur le volant et lui fit observer qu'ils auraient tout le temps de se disputer chez sa sœur. Camille rétorqua qu'il était « chiant » et qu'il ne supportait pas la critique, puis fixa son attention sur la route.

11

Gilles n'avait aucune sympathie pour sa belle-sœur. Il trouvait Cléa arrogante, condescendante et beaucoup trop possessive à l'égard de Camille. Il ne l'avait rencontrée qu'en deux occasions auparavant, mais il savait que Camille et elle se voyaient très régulièrement et se téléphonaient encore plus fréquemment. Gilles n'avait aucun moyen d'empêcher ça. Du reste, il ne voulait pas braquer Camille.

Au cours du repas, le jeune homme manifesta un intérêt de pure forme à l'égard de la maîtresse de maison, s'efforçant de participer au mieux à la conversation par quelques questions anodines :

« Vous avez fait vos études au Canada, n'est-ce pas ?

— A Montréal, pour être précise.

— Il paraît que c'est une très belle région.

— L'idéal quand on aime les sports d'hiver, fit-elle en souriant.

— J'ai toujours rêvé d'y aller, continua Gilles poliment.

— Pourquoi pas ? Les tour-opérateurs font des prix très intéressants vers cette destination, en ce moment.

Gilles se mit à rire.

— J'oubliais que votre beau-frère travaillait dans une agence de voyages.

Elle rit à son tour.

— Je vous assure que je n'ai aucun intérêt à défendre dans cette affaire, je ne touche aucun pourcentage et son agence est spécialisée dans les destinations exotiques.

« – Vous devez pouvoir obtenir des tarifs préférentiels, vous n'en profitez jamais ?

   – Avec la vie que nous menons, mon mari et moi, nous n'avons pas vraiment le temps de voyager.

   – Même pendant vos congés ?

   – Elle quitte son travail au mois de juin, intervint son mari.

   – Définitivement ? interrogea Gilles.

   – Je pense, oui, répondit Cléa.

   – Pour quelles raisons ? demanda Camille.

   – Pour s'occuper du bébé, tiens ! répliqua Mahdi.

   – Tu es enceinte ? » s'exclama Camille, soudain épanouie, en regardant sa sœur.

Cléa acquiesça.

« Depuis quand ?

   – Un peu plus d'un mois.

   – Pourquoi ne me l'as-tu pas dit avant ?

   – Parce que je n'en étais pas sûre. J'attendais d'avoir les résultats de la prise de sang.

   – Quand est-ce que tu les as eus ?

   – Jeudi dernier.

   – Mais tu aurais pu me le dire, au téléphone ! s'indigna la jeune femme.

   – Je voulais te faire la surprise et être certaine que tu ne dépenserais pas d'argent pour venir », répondit Cléa.

Camille se pencha par-dessus la table dans un brusque élan d'affection et enlaça sa sœur.

« Félicitations, fit Gilles sobrement. Alors comme ça, vous avez choisi de rester au foyer pour élever votre enfant ?

   – Ma femme se donne déjà beaucoup de mal pour tenir la maison en plus de son travail. Le petit aura besoin de sa mère, elle va devoir lui consacrer énormément de temps, répondit Mahdi. Et vous, quand allez-vous enfin vous décider à fonder une famille ? » enchaîna-t-il d'un ton enjoué.

Gilles faillit répondre que Camille était trop jeune, mais c'était une réponse absurde. Il sourit.

« Nous ne pouvons pas nous le permettre pour l'instant, mais nous y songerons dès que Camille aura réussi à asseoir sa situation professionnelle.

Mahdi fronça les sourcils.

- Pour quoi faire ? Quand vous aurez un bébé, elle s'arrêtera de travailler, de toute façon.
- Rien ne l'y obligera. De nos jours, il existe de nombreuses solutions pour les femmes qui ont un enfant et veulent continuer à mener une vie active : les nourrices, les crèches, les baby-sitters...
- Si c'est pour que le petit soit élevé par des étrangers, autant l'abandonner à la naissance », l'interrompit Mahdi.

Son interlocuteur s'efforça de garder le sourire.

« C'est une question de choix. Votre culture et très différente de la nôtre, sur ce point.

Mahdi se pencha en avant.

- *Notre* culture ? Vous voulez dire celle des sales arabes restés à l'âge de pierre comparée à celle des bons français civilisés ? aboya-t-il.
- Mahdi ! le coupa sèchement Cléa.
- Je suis chez moi, je n'ai pas à me laisser insulter ! » fit l'homme à l'adresse de sa femme, l'index brandi à quelques centimètres de son visage.

Il se retourna subitement vers Gilles :

« Le vilain sauvage va t'en apprendre une bien bonne, monsieur le petit blanc : je suis aussi français que toi. Mon père habite et travaille dans ce foutu pays depuis plus de trente ans. Et moi je suis né ici, sur le sol français, qui m'appartient autant qu'à toi.

- Mais voyons, je n'ai jamais prétendu le contraire, bredouilla Gilles, stupéfait.
- Je ne suis pas en train de te parler de culture, moi, mais de bon sens. Lorsqu'il s'agit du bonheur d'un enfant, on ne se demande pas selon quelle culture on va l'élever mais quel est le moyen le plus sûr de le rendre heureux. Et la seule chose capable de rendre un enfant heureux, c'est d'être avec sa mère. Il n'y a rien à choisir là-dedans, c'est la nature qui en a décidé ainsi.

– Je respecte parfaitement votre opinion, fit Gilles, conciliant et inquiet.

– Peut-être pourrions-nous passer au salon pour le café ? demanda Cléa en posant une main apaisante sur celle de son mari. Tu veux bien leur proposer des digestifs pendant que je vais le préparer ? »

Mahdi se leva et invita Gilles à le suivre, tandis que Camille aidait sa sœur à débarrasser la table. Gilles se laissa tomber sur le canapé et étendit les bras le long du dossier. Il accepta un verre de Génépi, se brûla la gorge tant l'alcool, camouflé par l'excès de sucre, était fort et leva la liqueur à hauteur d'œil pour observer sa robe jaune translucide. Mahdi lui expliqua qu'il récupérait les bouteilles d'alcool périmées à l'épicerie de son père, raison pour laquelle certaines boissons, un peu éventées, avaient été rallongées à l'alcool à 70°. Il lui proposa d'échanger son verre de Génépi contre de l'alcool de dattes, mais le jeune homme refusa poliment, se forçant à finir sa liqueur. Mahdi le remarqua et parut apprécier le geste. Puis les deux hommes bavardèrent un moment des derniers résultats de l'équipe de France de football, de l'excellent dîner qu'il venait de faire et des mérites comparés de la cuisine d'une mère et de celle d'une épouse. Mahdi prétendait que sa mère était insurpassable dans la confection des plats et dessert familiaux, comme le Tajine ou les Chebbakias, mais était incapable de préparer un repas rafraîchissant, simple et léger, comme Cléa savait les faire. Gilles, finaud, affirma ne pouvoir prononcer aucun jugement sur le sujet parce que sa propre mère faisait très mal la cuisine et que Camille ne la faisait pas du tout. Son beau-frère compatit par un éclat de rire bruyant et leva son verre à la santé de tous les malheureux hommes condamnés aux surgelés par de mauvaises cuisinières. Puis ils s'avisa du fait que les deux femmes avaient disparu depuis maintenant plus d'un quart d'heure et tapa dans ses mains avec bonne humeur, comme si cela avait dû les faire accourir. Gilles se porta volontaire pour aller voir si elles avaient besoin d'aide et se redressa lentement. Il s'avança jusqu'au seuil de la cuisine, poussa la porte et trouva Camille, le visage ruisselant, dans les bras de sa sœur.

« Qu'est-ce qui ne va pas ? demanda-t-il, troublé.

Son amie redressa la tête, essuya une larme et lui sourit :

« Rien, j'ai eu un coup de blues. J'avais besoin de me faire consoler par ma grande sœur, ajouta-t-elle d'un ton qui se voulait espiègle.

- Est-ce que je peux faire quelque chose ? questionna-t-il.
- Non et tu n'y es pour rien, répondit Camille avec douceur. On parlait d'histoires de famille.
- Très bien. Prends ton temps, nous partirons quand tu le voudras... Si vous m'autorisez à prendre le relais, naturellement, reprit-il à l'intention de Cléa en matière de plaisanterie.
- Vous avez intérêt à bien vous en occuper, de ma petite sœur, menaça-t-elle en riant.
- J'aurais du mal à faire moins bien que vous », répliqua Gilles.

Camille se dégagea des bras de sa sœur :

« Mais tu es vraiment... », commença-t-elle, blême de rage.

Elle se dirigea sur lui d'un pas si décidé que Gilles comprit qu'elle avait l'intention de le gifler. Il lui saisit les poignets :

« Si tu me donnes une gifle, je te la rends », dit-il calmement.

Il la lâcha et elle demeura quelques instants à le dévisager, comme si elle cherchait à savoir s'il était sérieux ou pas. « Pauv' mec ! », cracha-t-elle finalement en l'écartant de son passage pour quitter la cuisine.

Gilles leva les yeux vers le fond de la pièce. Cléa, les bras refermés sur elle-même, avait tourné la tête vers la fenêtre et regardait au dehors d'un air absent. Le jeune homme n'avait aucune envie de s'abaisser à lui présenter des excuses, mais la réaction démesurée de Camille l'y obligeait. Il se sentit stupide et humilié :

« Je n'ai peut-être pas été très malin, mais je vous assure que ce n'était qu'une plaisanterie. Je reconnais avoir manqué de tact. J'espère que vous voudrez bien m'en excuser.

La femme se retourna soudain vers lui :

- Est-ce que mon mari vous a servi ?
- Oui.
- Alors retournons au salon, voulez-vous ? »

Camille était assise dans un coin du canapé, appuyée contre l'accoudoir, les jambes repliées sur le côté. Cléa, à nouveau souriante, lui donna une petite tape sur le mollet pour l'inciter à enlever ses pieds de sur l'imprimé de coton rouge et or. Camille, boudeuse, se contenta de retirer ses tennis. Gilles s'assit à côté d'elle et voulut poser une main sur ses chevilles, mais elle se rencogna avec un vif mouvement d'humeur et ramena ses genoux entre ses bras.

« Tu vas attraper froid, si tu restes pieds nus, lui fit-il observer.

— Qu'est-ce que ça peut te faire ? répliqua-t-elle sèchement.

— Très bien, dit-il avec patience, je me suis déjà excusé auprès de ta sœur dans la cuisine et je renouvelle publiquement mes excuses au salon. Que puis-je faire de plus ?

— Arrête de faire ton intéressant », grogna Camille.

Gille se leva, excédé :

« Tu n'as pas l'impression que c'est toi qui fais ton intéressante ? C'était une plaisanterie de mauvais goût, j'en conviens, mais ce n'était rien d'autre. Si tu n'en faisais pas toute une histoire, nous l'aurions déjà oubliée. Regarde, même ton beau-frère se demande de quoi nous sommes en train de parler. Si tu n'avais pas fait ton petit numéro, il n'aurait rien remarqué du tout.

— Mais est-ce que tu vas me ficher la paix ?! s'écria Camille.

Je ne t'ai rien demandé, alors oublie-moi cinq minutes. »

Gilles se rassit, vaincu, brisé par la colère. Il fit craquer ses poings l'un contre l'autre et prit une profonde inspiration.

« J'aimerais qu'on ne rentre pas trop tard, si tu veux bien. Je travaille, demain », lâcha-t-il sourdement.

12

Camille était recroquevillée sur son siège de voiture, frustrée et désemparée, se tenant le plus loin possible de son ami au volant. Gilles n'arrivait pas à accepter le fait que Cléa l'ait guidée dans les étapes les plus importantes de sa vie de femme. Il pouvait toujours chercher des arguments convaincants pour justifier son hostilité envers sa sœur, mais la vérité, Camille en était persuadée, était simplement qu'il en était jaloux. Il aurait voulu que le passé de la jeune fille lui appartienne tout entier. Il aurait voulu tout lui apprendre, mais il était arrivé trop tard. Il aurait voulu être le premier, il ne l'était pas. Et par la faute de Cléa, voilà ce qu'il ne lui pardonnait pas. Cléa qui, lorsque Camille eut quinze ans, lui prêta son amant pour lui faire découvrir les réalités du corps et de la chair. Cléa qui, par tendresse, par seul souci de protéger sa petite sœur, par générosité, l'avait invitée un samedi après-midi à entrer dans sa chambre, où son propre amant l'attendait.

Il était déjà dans le plus simple appareil, assis au bord du lit et n'avait pas eu l'air plus choqué que ça lorsque Cléa lui avait suggéré de changer de partenaire. Elle lui avait expliqué la situation en quelques mots et, apparemment indifférent, il s'était déclaré tout à fait prêt à lui rendre ce service. Elle avait parlé à Camille un court moment, sous le regard moyennement intéressé du jeune homme, qui attendait toujours. Cléa regardait sa sœur de ses grands yeux calmes et chaleureux, tandis qu'elle s'efforçait de la convaincre et de la tranquilliser :

« J'ai vu que tu commençais à t'intéresser aux garçons. Pour ta première fois, je n'ai pas envie qu'un petit boutonneux

inexpérimenté et trop pressé te fasse du mal. Alors je préfère te confier aux bons soins d'un véritable gentleman. Ça va aller, tu verras...
Elle posa les deux mains sur les épaules de Camille et lui sourit :
Fais-moi confiance. Tu n'as aucune raison d'avoir peur.

    – Tu as un préservatif à me donner ? l'interrompit le jeune homme, qui s'était mis debout.

    – Tu n'en as pas besoin. Elle est vierge et tu es parfaitement sain.

    – Peut-être, mais si elle tombe enceinte...

Cléa réfléchit quelques secondes, puis :

    – C'est vrai qu'elle ne prend pas la pilule. Je vais te trouver ça. »

Cléa demanda à Camille de se déshabiller et d'entrer dans le lit. Le garçon, déjà entièrement dévêtu, se glissa aux côtés de la jeune fille, puis se hissa au-dessus d'elle. « Tu me le dis si je te fais mal », lui dit-il avec un sourire de circonstance. Cléa déposa un baiser sur le front de sa sœur et l'assura encore une fois que tout se passerait très bien. Camille ferma les yeux. Elle avait peur, anticipait la brutalité, la douleur, la sueur. Mais l'homme avançait en elle avec une lenteur extrême. Elle rouvrit les yeux, vit la main de sa sœur posée sur les reins de son ami. Cléa le dirigeait d'une simple pression des doigts sur sa peau, le forçait à ralentir, à s'arrêter ou à repartir, ainsi qu'on le fait d'un cheval domestique. Camille se sentit rassurée. Elle était protégée, rien ne pouvait lui arriver de mal. De temps à autre, Cléa se penchait sur son visage et lui demandait si ça allait. Quand Camille secouait la tête, le mouvement de tangage s'arrêtait. Puis repartait doucement, puis plus vite, plus fort, et Camille grimaçait, et le tangage s'arrêtait à nouveau. Et repartait. Elle ne se souvenait plus combien de temps tout cela avait duré, certainement pas plus de quelques minutes, même si ça lui avait paru être une éternité. Tout ce dont elle se souvenait, c'était son père ouvrant brusquement la porte de la chambre, le visage congestionné et les poings noués, comme s'il avait su exactement à quoi s'attendre en pénétrant dans cette pièce. Cléa avait eu la lèvre fendue par sa chevalière et lui le nez cassé par le petit ami de sa fille, nu comme un ver et bien décidé à défendre sa bien-aimée comme à ne pas se laisser flanquer dehors dans cette tenue.

Le mois suivant, Cléa avait été expédiée à Montréal pour y terminer ses études. Camille avait dû attendre cinq ans avant de réussir à obtenir des nouvelles de sa sœur. Avant ça, il lui avait fallu retrouver sa trace, parce que Cléa était revenue en France entre temps, mais Camille n'avait pas la moindre idée de la région dans laquelle elle se trouvait ni dans quelle direction orienter ses recherches. Et bien entendu, aucune aide à attendre de ses parents. Ces histoires de courriers cachés et de téléphone sur liste rouge étaient tellement minables que Camille en avait honte pour eux à chaque fois qu'elle y repensait. Cléa n'avait pas plutôt été mise dans l'avion que son père avait fait changer leur numéro de téléphone pour qu'elle ne puisse plus appeler à la maison. Sa mère avait demandé à la concierge, qui réceptionnait le courrier de l'immeuble, de mettre de côté toutes les lettres en provenance du Québec pour que Camille ignore jusqu'à leur existence. Car non comptant de ne pas transmettre ces lettres à leur destinataire, sa mère les lisait avant de les jeter. Camille avait compris cela lorsque, par chance, le facteur avait apporté un recommandé à son nom tandis qu'elle était à la maison. C'était un gros réveille-matin en forme de hamburger que sa sœur lui avait envoyé pour ses seize ans. Camille l'avait installé sur sa table de nuit. Sa mère le trouvait laid et encombrant. Deux jours plus tard, il avait disparu. Le carton dans lequel il était arrivé, la lettre qui l'accompagnait, bref tous les supports sur lesquels les coordonnées de l'expéditeur avaient pu être mentionnées avaient eux aussi été débarrassés dans les plus brefs délais. Camille se rappelait même avoir retrouvé arrachée la page de son agenda, soigneusement rangée dans son sac de classe, sur laquelle elle avait reporté l'adresse de la cité universitaire dans laquelle résidait sa sœur.

13

A peine Gille avait-il tourné la clef dans la serrure que le signal mélodique du téléphone l'obligea à traverser le couloir au pas de course. Il décrocha précipitamment, essoufflé, et regarda avec aussi peu d'aménités que possible Camille se débarrasser de sa veste et de son sac fourre-tout avec des gestes d'une lenteur qui lui parut volontairement provocatrice.

« C'est ta mère ! » appela-t-il.

Camille s'approcha et saisit le combiné :

« Allô, maman ?

– Ça fait longtemps que ton père et moi n'avons pas eu de tes nouvelles, dit sa mère d'une voix tendre et chargée de reproches. Comment vas-tu, ma chérie ?

– Bien maman. Je n'ai pas arrêté de courir, ces derniers temps, mais tout va pour le mieux. Papa et toi, vous allez bien aussi ?

– Oh ! Tu sais comment est ton père, il se plaint sans arrêt d'avoir mal ici ou là et il refuse de se faire soigner.

– Qu'est-ce qu'il lui arrive, encore ?

– Il a une rage de dents. Mais crois-moi, je le forcerai bien à aller chez le dentiste, ce phénomène !

Il y eut un court silence.

Allô ?

– Je t'écoute, soupira Camille.

– Tu étais occupée ? Je te dérange, peut-être ? Je peux rappeler, si tu préfères.

– Non non, ne t'inquiète pas.

46

– Dis-moi, je t'appelais pour savoir si nous pouvions compter sur toi pour Noël ? dit sa mère d'une seule traite.

– Je ne sais pas, répondit Camille, prise au dépourvu. Est-ce que Gilles peut m'accompagner ?

– Ton ami ?

Sa mère marqua une courte hésitation.

Eh bien, tu sais quelle importance accorde ton père aux fêtes de famille. Il n'aime pas beaucoup qu'on bouscule les traditions. La famille, c'est la famille...

– Excellent principe. Je suppose donc que Cléa est invitée, répartit Camille d'un ton mordant.

– Mais si ta sœur souhaitait venir, elle serait la bienvenue, en effet. Notre porte est grande ouverte à tous nos enfants.

Camille partit d'un éclat de rire féroce pour s'empêcher d'insulter cette femme qui se prétendait sa mère.

– Ah non ! maman, je t'en prie, arrêtons-là cette discussion, elle n'a aucun sens.

Sa mère hésita à nouveau.

– Comment va-t-elle ? demanda-t-elle doucement. Est-ce que tu l'as vue, récemment ?

– Elle va bien. Pourquoi ne le lui demandes-tu pas toi-même ? Je t'avais donné son numéro de téléphone, quand j'habitais chez elle. Tu tombais souvent sur elle quand tu voulais me parler et elle ne t'a jamais raccroché au nez, que je sache !

– Il n'aurait plus manqué que ça !

– Ç'aurait été son droit le plus strict ! hurla Camille dans l'appareil. Personne à part vous deux n'aurait songé à le lui reprocher ! Dites-moi que je rêve, je n'ai jamais vu des égoïstes pareils !

– Mais enfin, qu'est-ce que tu as ? » souffla sa mère, sonnée par ce torrent de fiel.

Camille ferma les yeux et se pinça l'arête du nez entre le pouce et l'index.

« Désolée, répondit-elle plus calmement. J'ai un peu de mal à m'organiser pour les fêtes, cette année, alors j'aimerais, pour une fois, savoir à l'avance qui va faire quoi et avec qui. Je n'ai pas envie d'avoir à changer tous mes projets au dernier moment.

    — Ecoute, ma chérie, je ne sais pas ce qu'il en est de ta sœur mais, en ce qui me concerne, toi et ton ami êtes les bienvenus chez nous. Il n'y a aucune raison que ton père ne se laisse pas fléchir sur la présence de ton jules s'il sait que c'est important pour toi.

    — Entendu, c'est gentil. Je vais devoir te laisser, maintenant, j'ai du ménage à faire.

Sa mère eut un petit rire.

    — Du ménage ? La vie de couple t'a transformée, on dirait. Dans ce cas, je raccroche immédiatement, je ne voudrais pas couper tes élans nouveaux de fée du logis ! Rappelle-moi pour me dire quand vous arriverez, ton ami et toi.

    — C'est promis. Au revoir, maman. »

Camille, suivie par le chat qu'elle écarta de ses jambes d'un léger coup de talon, entra dans le séjour. Gilles, bien décidé à marquer le coup, lui jeta un coup d'œil agressif sans proférer la moindre parole et augmenta ostensiblement le volume de la télévision.

« Nous sommes tous les deux invités à passer Noël chez mes parents », dit la jeune femme d'une voix dégagée.

Gilles, ne pouvant contenir plus longtemps son exaspération, éteignit le téléviseur et jeta la télécommande sur le sofa.

« Tu sais très bien que je ne peux pas accepter, je croyais que nous étions d'accord. Que fais-tu de ma mère ?

    — Dis-lui de venir avec nous.

    — Mais il ne s'agit pas que de ma mère, il y a aussi mon frère, mes grands-parents, mon oncle Eric...

    — Si tu ne viens pas avec moi, je n'irai nulle part », le coupa-t-elle d'un ton définitif.

Il la regarda, furieux, ébahi. Jamais l'envie ne lui avait été aussi forte de la frapper. Il serra les poings.

« Très bien ! Fais ce que tu veux ! Passe le réveillon où bon te semble : reste ici, va au restaurant ou fais-toi inviter chez ta sœur, mais arrête de m'emmerder avec cette histoire ! hurla-t-il. C'est ton problème ! Règle-le comme tu l'entends mais je ne veux plus y être mêlé ! »

Camille ne fit aucun commentaire, alla se coucher directement après s'être douchée, sans passer à table ni regarder la télévision. Gilles se fit deux œufs à la coque qu'il mangea dans le salon, devant un film d'aventures médiocre. Le pain de mie était rassis et le beurre trop froid : il termina ses œufs à la petite cuillère. Ensuite, il appela son frère, qui résidait dans l'Isère tout près de chez leur mère et allait rendre visite à cette dernière chaque week-end en compagnie de sa femme et de sa fille. Gilles aurait pu se charger lui-même de la tâche qu'il comptait confier à son frère, mais il se doutait que sa requête aurait plus de poids auprès de sa mère si elle était formulée par son aîné, qui plus est déjà marié et père de famille. Puis le jeune homme, après avoir raccroché, alla se déshabiller dans la chambre, se mit en pyjama et se glissa dans le lit. Il se pencha sur l'épaule de Camille, lui demanda si elle n'avait pas faim, mais celle-ci faisait semblant de dormir et ne lui répondit pas.

14

Camille avait sorti toutes les affaires du sèche-linge et apporté une paire de draps propres dans le séjour. Gilles devait l'aider à les plier pour le repassage. Il lui demanda en quel honneur elle consentait à lui adresser la parole dans la mesure où elle lui avait fait la tête tout au long de la semaine. Elle lui répondit qu'il serait bien aimable de lui tenir les draps par les coins tandis qu'elle les repliait. Gilles obéit de mauvaise grâce. Depuis sept nuits que Camille le confinait de son côté du lit, il commençait à trouver la situation pesante, pour ne pas dire insupportable. Une fois le second drap replié, il retourna s'asseoir et étala son journal devant lui avec brusquerie.

À peine avait-il commencé à lire que la vibration sonore du téléphone retentit dans la pièce.

« Ta sœur ou ta mère ? » fit Gilles sans bouger tout en grimaçant un sourire acide.

La jeune femme prit la communication, le visage glacial, puis lui tendit le récepteur sans fil d'un air narquois, une main sur la hanche :

« Ton frère. »

Gilles, vexé, poussa un soupir étudié. Il allongea d'abord le bras, puis se leva lentement lorsqu'il comprit que Camille n'avait pas l'intention de se déplacer. Elle attendit qu'il vienne jusqu'à elle et lui posa l'appareil dans les mains avec une telle violence qu'il manqua le laisser tomber sur le tapis. Le jeune homme appliqua l'écouteur contre son oreille :

« Gilou ? demanda son frère. J'ai vu maman, hier matin. Je lui ai parlé de ton affaire. Elle m'a écouté très attentivement.

– Et qu'est-ce qu'elle t'a dit ?

– Attends que je me souvienne. Elle a dit très exactement : « Mon cher fils, il y a douze ans de ça, ton père et moi avons accepté que tu ramènes à la maison une vendeuse de grand-magasin, qui est par ailleurs devenue une belle-fille charmante, ce n'est pas pour interdire aujourd'hui à ton frère de nous ramener une serveuse ».

– Elle a dit ça ? demanda Gilles, ébaubi.

– Mais oui, frangin. Elle m'a même prié de te dire que tu aurais très bien pu te passer de mon intervention et qu'elle ne t'aurait pas mangé.

Gilles éclata de rire, brusquement soulagé.

– Fais-lui encore une commission pour moi, tu veux ? Dis-lui que je l'aime. »

Après avoir raccroché, le jeune homme alla retrouver Camille, qui était en train de repasser le linge propre de la veille dans la cuisine. Il s'immobilisa derrière elle, posa les deux mains sur ses hanches et cala son menton au creux de son épaule droite, comme il avait coutume de le faire en guise de rituel d'apaisement.

« Qu'est-ce qu'il y a ? demanda-t-elle en se retournant légèrement sur elle-même.

– Tu es gracieusement invitée par ma mère à partager notre réveillon familial.

Elle posa son fer à repasser à la verticale sur la table et se retourna tout à fait :

– Tu lui as demandé si je pouvais venir ?

– Et elle a dit qu'elle serait ravie de faire ta connaissance à cette occasion.

– Tu veux dire qu'on va passer Noël ensemble, dans ta famille ?

– Si tu es d'accord pour m'accompagner, oui.

Camille enveloppa Gilles de ses bras et couvrit son visage de baisers.

– Tu sais bien que je te suivrai au bout du monde.

– Je ne te demande pas d'aller aussi loin, ma mère habite dans le Rhône. On partira d'ici la veille de Noël au matin pour arriver en fin d'après-midi, histoire d'avoir le temps de se reposer un peu du voyage avant le réveillon. On dormira sur place et on rentrera chez nous après le déjeuner du lendemain. Est-ce que le programme te convient ?

Camille acquiesça.

– J'adore quand tu me parles gentiment... chuchota-t-elle contre sa bouche.

– Tu es une adorable garce, dit-il en frottant son nez contre le sien. Est-ce que c'est assez gentil pour toi ?

– Tu es un adorable salaud », répondit-elle avec sérieux.

Il rapprochèrent leur visage pour s'embrasser, mais éclatèrent de rire avant que leurs lèvres ne se soient touchées.

15

A la veille du départ, Gilles dut batailler avec Camille pendant plus d'une heure afin de lui faire accepter l'idée de n'emporter qu'un seul bagage. La jeune femme avait commencé par remplir une valise, à laquelle s'était rapidement ajouté un sac de sport qui enflait de minute en minute. Gilles estimait que le sac serait amplement suffisant pour contenir ce dont ils auraient tous les deux besoin pour une seule nuit, mais Camille était radicalement opposée à ce que ses vêtements soient entassés dans un sac de toile informe à l'intérieur duquel ils se froisseraient nécessairement.

    « Très bien, dans ce cas ne prenons que la valise, négocia Gilles.

- Nous n'aurons pas la place d'y mettre les cadeaux en plus de nos affaires.
- Tu veux parier ?

Camille haussa les épaules.

- Si tu te débrouilles pour fermer la valise sans rien casser, je ne vois aucun inconvénient à ce que le sac reste ici.
- Marché conclu. Tu prépares ce que tu veux emporter dans la limite du raisonnable et je m'occuperai de la mise en boîte.
- Tu feras surtout attention aux vêtements. Je te les plierai bien à plat, alors tu seras gentil de ne pas me les rouler en boule au fond de la valise.
- Comment comptes-tu t'habiller ?

– Je ne sais pas encore. Comment faudrait-il que je m'habille ?

– Débrouille-toi pour qu'on ne voit pas la bébête que tu as dans le dos, en tout cas.

– Oh ! Quel dommage ! Moi qui avais justement prévu de porter un superbe décolleté pour mettre en valeur cette œuvre d'art.

– Non non, surtout pas, ce n'est pas la peine de jeter ça à la figure de ma mère dès votre première rencontre.

– Je plaisantais, gros nigaud, dit-elle d'une voix moqueuse. Qu'est-ce que tu t'imaginais ? Que j'allais la lui jouer '*miss loubard j'enquiquine les bourgeois*' ?

– Je te crois capable de tout, répondit Gilles en l'attirant à lui.

– Je *suis* capable de tout », corrigea-t-elle malicieusement.

16

Camille et Gilles arrivèrent chez les Manzotti dans l'après-midi du 24 décembre. Gilles présenta sa compagne à sa mère et celle-ci l'accueillit avec beaucoup de simplicité en dépit des lourdes grappes de pierres précieuses suspendues aux lobes de ses oreilles, de sa robe couverte de brillants et de son maquillage outrancier. Camille ne montra pas à quel point elle était impressionnée par l'apparition de cette femme du monde qui lui évoquait un vestige de l'aristocratie ancienne. Elle se déclara enchantée de la rencontrer, tout en lui tendant un magnifique bouquet d'iris qu'elle avait tenu à acheter sur la route, malgré les protestations de Gilles, qui jugeait la dépense inutile. Après avoir remercié sa belle-fille, Eliane - la mère de Gilles - se proposa de lui montrer la chambre dans laquelle le jeune couple passerait la nuit afin que Camille puisse se changer et se reposer du voyage avant le début de la soirée. Puis la maîtresse de maison entraîna son fils à sa part quelques instants afin de le complimenter sur son amie, qui lui avait tout l'air, déclara-t-elle, d'une jeune fille charmante et bien élevéc.

Camille s'étendit sur le lit, bras grands ouverts, sans avoir pris la peine de retirer son blouson. Elle fixait les tentures du baldaquin avec une fascination de petite fille devant une robe de Princesse. Elle se redressa et se mit debout au milieu de la pièce, puis elle renversa la tête en arrière pour observer le gigantesque lustre de cristal incrusté dans le plafond. Jamais, depuis qu'elle avait emménagé avec Gilles, elle n'avait vu de décor aussi spectaculaire. Les tentures rouges qui recouvraient les murs, les multiples voilage du dais et les lourds rideaux de la porte vitrée retenus par un épais cordon doré donnaient à la chambre l'allure d'une scène de théâtre. Camille était enchantée. Elle tapa des mains plusieurs fois, comme une enfant, et laissa jaillir de sa gorge un joyeux éclat de rire.

17

A vingt et une heures, les invités commencèrent à arriver. Camille fut présentée en bonne et due forme à chacun d'entre eux. Elle fit plutôt bonne impression – du moins c'est ce qu'il lui sembla – sauf à l'oncle de Gilles, un vieil homme revêche et silencieux qui la toisa de haut en bas avant de lui accorder un « bonsoir » dédaigneux. En dépit de son apparente aisance, Camille était tendue. Elle eut un haut-le-corps lorsque Gilles posa une main sur son épaule afin de lui présenter son frère. Nathaniel devait avoir trois ou quatre ans de plus que Gilles, peut-être un peu moins. Il était plus grand, plus svelte, les épaules et les pectoraux étaient moins développés, mais l'expression attentive du visage, les légères pattes d'oie au coin des yeux et la façon de sourire étaient identiques. Sa femme vint les rejoindre et se présenta :

« Bonsoir, je ne crois pas qu'on se connaisse, je m'appelle Valérie.

Elle avait la trentaine, un corps long et mince, des cheveux roux coupés très courts, un visage rond, à la fois doux et dynamique.

- Camille. Je suis venue avec Gilles. Ravie de vous rencontrer, répondit Camille.
- Et ça c'est ma fille unique et préférée, ajouta Valérie en désignant la fillette qui s'accrochait à sa robe. Mélissa, tu veux bien dire Bonsoir à Camille ?

La gamine sourit, balbutia un « b'soir » timide et se cacha derrière sa mère.

– Bonsoir Mélissa, tu as une très jolie robe », lui dit Camille.

C'était vraiment un tout petit bout de femme, songea t-elle, à peine sortie de la petite enfance. Elle avait de jolis yeux noisette, le nez en trompette et une longue chevelure rousse ondulée tenue par des barrettes en forme de papillon. Sa mère avait enrubanné la fillette dans une magnifique robe de tulle rose à volants qui gonflait autour de sa taille comme un tutu.

« Bonsoir ma chérie ! s'exclama Eliane Manzotti en tendant les bras vers l'enfant. Tu ne viens pas faire un bisou à ta grand-mère ?

– Dans quel type de restaurant travaillez-vous ? demanda Nathaniel. Cuisine française, étrangère, fast-food ?

Camille se retourna pour lui répondre :

– Un bar restaurant. Nous servons des plats traditionnels le midi et le soir et des boissons et sandwiches à emporter ou à consommer sur place dans la journée.

– Vous assurez un service non-stop, alors.

– Service non-stop, horaires irréguliers, remplacements au pied levé... La restauration n'est pas de tout repos, mais je n'ai pas à me plaindre, je bénéficie de bonnes conditions de travail. J'ai la chance d'avoir deux jours de repos dans la semaine, dont le dimanche. Toutes les serveuses ne peuvent pas en dire autant.

– Et le métier vous plaît ?

Elle rit.

– Je n'ai jamais trouvé le temps de me poser la question : entre deux assiettes, il y a toujours une commande à prendre ou une table à débarrasser.

Nathaniel acquiesça.

– Envisagez-vous de travailler dans ce secteur d'activité toute votre vie ? demanda Eliane.

– Je ne sais rien faire d'autre, répondit Camille avec amertume.

– A votre age, vous avez encore très largement le temps et les capacités d'acquérir de nouvelles compétences. Vous pourriez reprendre vos études, par exemple.

–   Ma mère voulait que je devienne professeur des écoles, dit
Camille sans trop savoir pourquoi.

–   Et que s'est-il passé ?

–   Je n'étais pas douée pour les études. J'ai arrêté après le
lycée.

–   Êtes-vous fille unique ?

–   Non, j'ai une sœur aînée. Elle a un diplôme d'auxiliaire
médicale.

–   Est-ce que vos parents travaillent ? »

La question surprit Camille, même si elle se rappela aussitôt que
la mère de Gilles appartenait à une famille très riche, dans
laquelle les femmes n'avaient jamais travaillé. Qui plus est, Eliane
Manzotti était la veuve d'un grand architecte.

« Mon père est gérant d'une société de transports et ma mère est
enseignante, répondit Camille.

–   Dans le primaire ou le secondaire ?

–   Le secondaire. Elle donne des cours de biologie et de
physique à des élèves de collège et lycée. »

La conversation se poursuivit sur le même ton tout au long
du dîner. Eliane posa à Camille beaucoup de questions sur sa
famille, questions auxquelles Camille s'efforça de répondre avec
le plus d'exactitude et de neutralité possible. A aucun moment,
elle n'aborda les difficultés relationnelles qu'elle rencontrait avec
ses parents, le fait que sa sœur avait été chassée de la maison, leur
longue séparation, son propre départ et les circonstances de leurs
retrouvailles.

18

Lorsque Camille se réveilla tout à fait, Gilles n'était déjà plus dans la chambre. La jeune femme s'étira, bailla et repoussa la couette à l'autre extrémité du lit. Elle n'avait pas envie de traîner et se rendit sous la douche avant même d'avoir pris son petit déjeuner. Enveloppée dans sa serviette de bain, elle retourna ensuite finir de se préparer dans la chambre.

« Qu'est-ce que c'est ? » claironna une voix fluette de petite fille.

Camille sursauta et se retourna, les bras croisés sur sa poitrine.

« Mon Dieu ! Ma puce, tu m'as flanqué une de ces frousses.

— C'est quoi ce que tu as sur le dos ? » redemanda l'enfant.

Camille faillit lui dire de la laisser seule pour qu'elle puisse finir de s'habiller, mais son excès de pudeur lui parut déplacé lorsque elle réalisa que la gamine n'avait que six ans. Elle en était probablement encore à l'âge où elle prenait le bain avec sa mère.

« Un dessin, répondit-elle. Il te plaît ?

— Je l'ai pas bien vu. Tu peux me montrer ?

— Attends... Mélissa, c'est ça ? (la fillette acquiesça) J'enfile un vêtement et je te laisse regarder. Tu veux bien fermer la porte ? »

Mélissa referma docilement la porte et vint s'asseoir au bord du lit, les yeux dévorés par la curiosité. Camille lui tourna le dos pour mettre son slip et une paire de jeans noirs, puis s'assit à son tour sur le matelas, courba l'échine et ramena ses cheveux sur sa poitrine afin de dégager ses omoplates.

« Est-ce que tu le trouves beau ? demanda-t-elle à la fillette.

– On dirait un lion.

– Une panthère, c'est presque pareil.

– Comment tu l'as fait ?

– Ce n'est pas moi qui l'ai fait, c'est un monsieur qui fait des dessins sur la peau des gens.

– Pourquoi il fait ça ?

– Parce que c'est son métier.

– Il est beau, ton dessin, dit l'enfant en posant un doigt timide sur le mufle du fauve. J'aimerais bien avoir le même.

Camille se mit à rire.

– Dieu nous en préserve, ta mère me tuerait !

– Pourquoi ?

– Parce que ça fait mal et que ce n'est pas pour les petites filles, conclut Camille en rejetant ses cheveux en arrière. Allez, ouste ! Dehors, à présent. J'aimerais finir de me préparer en paix », fit-elle en repoussant gentiment Mélissa vers le couloir.

19

Vers midi, Gilles descendit chercher une caisse de champagne à la cave et Camille en profita pour aller dans la cuisine proposer son aide à Eliane et sa belle-fille, qui s'affairaient autour d'un énorme chapon farci.

« Faites-moi plaisir, lui dit Eliane, vous êtes notre invitée et nous nous en sortons très bien toutes les deux, alors il n'est pas question que je vous laisse mettre la main à la pâte. Allez plutôt demander à Nathaniel de vous servir un apéritif, qu'il se rende un peu utile. »

Camille acquiesça et retourna dans la salle de séjour. Nathaniel était en train de se préparer un cocktail à base de scotch, de citron et de glace pilée. La jeune femme se fit servir un jus de fruit.

« Vous avez un tatouage ? » demanda Nathaniel entre deux gorgées de scotch.

Sa question était un appel à confirmation plutôt qu'une interrogation. Camille réprima une réaction de surprise et lui adressa un sourire qu'elle jugeât naturel, bien qu'elle sentit ses pommettes rosir légèrement (« prise en flag », pensa-t-elle comiquement) :

« C'est Mélissa qui vous l'a dit ?

– Elle vous a honteusement vendue, répondit-il avec un mince sourire. Vous savez, on ne peut pas empêcher les enfants de parler.

– Ce n'était pas un secret, mentit Camille en retour.

– Tant mieux, parce que vous n'avez pas à être sur vos gardes. Ce n'est pas un tribunal, ici. Je voulais vous le dire depuis le début, à la minute où je vous ai vue. »

Il sirota une nouvelle gorgée d'alcool. La jeune femme le regarda faire en silence.

« J'espère que vous ne prenez pas mal mes propos », dit-il brusquement.

Camille répondit par la négative d'un rapide mouvement de tête.

« Il ne faut pas vous laisser impressionner par ma mère. Elle est un peu collet-monté mais très généreuse.

– Elle nous avait dressé une table magnifique, hier soir, dit Camille avec courtoisie.

– Elle recevrait Belzébuth en personne qu'elle lui dresserait une table magnifique ! Offrir à ses hôtes une table digne des rois fait partie de son éducation, elle ne peut pas s'en empêcher, même lorsque nous sommes en petit comité. Valérie et moi avons beau lui dire de ne pas se donner autant de mal, elle s'entête à nous faire dîner dans la grande salle à manger à chacune de nos visites, même pour un poulet-frites ou une salade de pâtes ! Alors que nous serions tout aussi bien dans la cuisine. Résultat, la gosse lui tache toutes ses nappes les unes après les autres avec du ketchup et du jus de fruit.

Il restait un fond de scotch dans son verre, qu'il but d'une traite.

Votre tatouage, il est permanent ? reprit-il.

– Oui, il s'agit d'un véritable tatouage, fit Camille, un peu désarçonnée par la soudaineté de la question.

– Est-il du style accessoire décoratif, comme une mouche ou une décalcomanie, ou plutôt tapisserie murale ?

– Il couvre l'ensemble du dos, des lombaires jusqu'aux cervicales.

Nathaniel haussa les sourcils, éberlué.

– Vous êtes sérieuse ?

– Tout à fait.

– Est-ce que ce n'est pas douloureux ?

– Sur le moment, un peu, oui, mais la peau cicatrise vite.

Nathaniel eut un rire bon enfant.

– Et Gilles, qu'est-ce qu'il en pense ?

– Il le trouve affreux. Il dit que dans trente ans, quand j'aurai la peau toute ridée, le motif ne ressemblera plus à rien.

– Diable ! Vous êtes durs avec les quinquagénaires, commenta son interlocuteur.

– Je vous demande pardon ? demanda Camille, perplexe.

– Rien, je plaisantais. »

La jeune femme se mordilla l'intérieur de la joue par une sorte d'automatisme. Elle avait nettement l'impression que Nathaniel, à l'instant même, l'avait prise pour une idiote. Elle en ressentait un pénible sentiment d'infériorité. Il devait être en train de penser que son frère s'était entiché d'une dinde (pour le jour de Noël, quelle ironie !), une petite grue pas trop mal roulée qui ne s'intéressait qu'à la fortune de sa famille. Et encore, peut-être Nathaniel ne la trouvait-il même pas jolie. Elle serra les poings, les yeux baissés sur ses genoux. Si au moins il avait accepté de lui en dire plus... Il venait sûrement de faire un bon mot, mais n'avait pas voulu se donner la peine de lui en expliquer le sens parce qu'il pensait qu'elle n'était pas assez intelligente pour le comprendre.

« Quelque chose ne va pas ? l'interrogea Nathaniel.

– Si, tout va très bien, dit Camille trop vite, en relevant les yeux avec un sourire faux.

– La propriété a été entièrement bâtie par mon père, poursuivit Nathaniel. Il a acheté le terrain, tracé les plans – il était architecte, Gilles a dû vous le dire – et suivi chaque étape de la construction sur le chantier. Les travaux ont duré quatre ans. Vous avez le résultat devant les yeux : une maison toute en hauteur, très peu pratique à aménager, mais qui se voit à des kilomètres à la ronde. Elle ressemble à un clocher de village, vous ne trouvez pas ?

– Je ne l'avais pas remarqué. Elle a beaucoup de caractère », répondit Camille.

Nathaniel la regarda un long moment avec un sourire compatissant. La jeune femme fixait à nouveau ses genoux, ses mains posées sur ses genoux, en fait. Le silence la rendait nerveuse.

« Ma femme était complètement tétanisée, le jour où je l'ai présentée à mes parents, reprit Nathaniel. Comme vous avez pu le constater, elle y a très bien survécu.

Camille se contenta de sourire.

Détendez-vous un peu, Camille, vous faites partie de la famille, à présent.

    — Gilles et moi ne sommes pas mariés, avança Camille sur un ton excuse.

    — Mais vous avez l'intention de vous marier, non ?

La jeune femme haussa les épaules.

    — Je n'en sais rien. C'est ce que Gilles vous a dit ?

    — Non, il ne m'en a pas parlé. Je vous ressers un jus de raisin ?

Camille sourit.

    — Un scotch avec glace. Vous êtes gêné par le tour que prend la conversation ?

    — Pas vraiment, c'est juste que je ne veux pas que vous vous fassiez de fausses idées à propos de mon frère. Gilles ne m'a jamais fait la moindre confidence sur votre couple, ce n'est pas son genre.

    — Je vous crois. »

20

Tandis que la radio annonçait d'interminables bouchons sur les grands axes du Sud de la France, la circulation sur la portion d'A6 que Gilles avait empruntée était restée fluide. Le jeune homme roulait à vitesse élevée, sur la voie de gauche, surveillant la présence éventuelle de radars de part et d'autre de l'autoroute.

« Tu m'accordes une pause pipi ou tu as peur que ça ne fasse chuter ta moyenne, Schumacher ? demanda Camille alors qu'ils arrivaient à hauteur d'une aire de repos.

— Vos désirs sont des ordres, Mademoiselle », répondit-il en se rabattant sur la droite.

Gilles s'arrêta au niveau des pompes à essence et laissa Camille marcher jusqu'au libre-service. Il fit le plein de Super 98, se rendit à la caisse pour payer et en profita pour acheter un paquet de chewing-gum et le journal du matin. Il retourna à la voiture et entreprit de lire la page des sports, mais Camille fut de retour avant qu'il en ait parcouru la moitié.

« Tu veux que je prenne le volant ? demanda-t-elle en ouvrant la portière côté conducteur.

— Non, ça ira.

— Comme tu voudras.

Elle fit le tour du véhicule pour venir se rasseoir à la place du passager.

— Brrr ! Il fait un froid de canard, dehors.

— Je vais mettre le chauffage.

— Ce n'est pas de refus, je suis frigorifiée. Et ne roule pas trop vite, on n'est pas pressés.

–   Un chewing-gum ? demanda-t-il en lui tendant le paquet.

–   Non merci. (Gilles remit le contact) Dis-moi, on fait quoi, finalement, pour le jour de l'an ?

–   On va chez Justine et Laurent.

–   Tes amis ?

–   Oui. C'était décidé depuis plusieurs mois, tu ne t'en rappelles pas ?

–   Non. Tu crois qu'ils nous en voudraient beaucoup si on se décommandait ?

–   Camille, non !

–   Ne commence pas à crier, fit Camille en ouvrant de grands yeux. Ce n'était qu'une question !

–   Toi, tu as une idée derrière la tête.

La jeune femme se pencha sur le sac fourre-tout posé à ses pieds et en sortit un magazine, qu'elle ouvrit à la page centrale.

–   Si tu voulais vraiment me faire plaisir, tu m'emmènerais là-bas », dit-elle avec un sourire ingénu.

Gilles lui prit la revue des mains et la referma pour regarder la couverture.

« Qu'est-ce que c'est ?

–   Un reportage sur les nuits parisiennes. La boîte page 36 a l'air chouette, en plus il paraît qu'on y mange bien.

–   On s'y prend un peu tard, pour réserver.

–   J'ai déjà réservé.

–   Sans me demander mon avis ?

–   Je te le demande maintenant. Je voulais te faire une surprise mais si tu ne veux pas y aller, il est toujours temps de décommander.

–   Mais c'est en plein centre de Paris ! Nous sommes à plus de deux cents kilomètres.

–   Dis donc, mon p'tit vieux, tu nous as fait faire près de sept cents bornes pour aller chez ta mère. Et puis il n'y qu'une nuit de la Saint Sylvestre dans l'année, tu pourrais faire un effort.

–   As-tu pensé au retour en voiture ? Il est probable que la soirée aura été très arrosée.

– Je tiens mieux l'alcool que toi, je conduirai », répondit-elle
avec une pointe d'ironie dans la voix.

Il manifesta son scepticisme par un petit rire sarcastique :

« Tu finis sous la table après deux verres de champagne...

– Un de nous deux arrêtera de boire après minuit et
ramènera l'autre s'il ne tient plus sur ses jambes.

– Ouais, je devine lequel de nous devra rester sobre quand le
champagne coulera à flots, commenta Gilles.

– Tu connais le proverbe, fit Camille en l'embrassant sur la
joue : ce que Femme veut, Dieu le veut.

– Et pour Justine et Laurent ?

– Tu leur dis qu'on était invités ailleurs et qu'on avait oublié.

– Camille, ce ne serait vraiment pas sympa...

– S'il te plaît, nous sommes allés chez ta mère pour Noël, j'ai
bien le droit de choisir où aller pour le jour de l'an, non ?

Il lui fit un sourire peu convaincu.

– Tu me promets d'être sage, si j'accepte ?

– Comme d'habitude.

– Je m'attends au pire.

– Salaud, fit-elle d'un ton plat.

– Ne fais pas la tête, je plaisante.

Elle lui adressa un sourire triomphal :

– Moi aussi. J'ai toujours su te faire marcher. »

<h1 style="text-align:center">21</h1>

« *Le Marquis* ». Le nom s'étalait en rouge sombre au dessus de deux grandes portes en métal noir équipées d'un heurtoir. Gilles s'apprêtait à frapper lorsque Camille avisa une sonnette discrètement placée sur le côté. Elle appuya dessus. Un des battants de la porte s'entrouvrit. Un malabar en t-shirt Paco Rabane et jeans Levi's débordant de bourrelés les jaugea d'un rapide coup d'œil avant de les laisser entrer.

La salle de restaurant, au rez-de-chaussée, était plutôt cossue. L'éclairage était doux, les tables propres et joliment décorées. Seules les corbeilles à pain garnies de préservatifs prêts à l'emploi sur le bar rappelaient la principale activité du lieu. Le malabar inspecta son registre de réservation et conduisit Camille et Gilles à leur table. Une fois installés, ils cherchèrent des yeux les détails insolites. Hormis les préservatifs dans leurs étuis en libre-service, un panneau indiquait « salons de détente ». Pour y accéder, il fallait emprunter l'escalier central. Dans la salle, un homme papillonnait d'une table à l'autre, des couples autour d'eux se formaient ou se rapprochaient. Camille et Gilles ne tardèrent pas à se faire aborder : deux femmes d'une vingtaine d'années leur proposèrent de partager leur table, mais Gilles refusa l'invitation avec brusquerie. Un air de jazz démodé emplit la pièce au même moment. Camille insista pour que Gilles la fasse danser, ce qu'il accepta à contrecœur.

Une fois attablé devant les hors-d'œuvres, le jeune homme se détendit : le menu « spécial nouvel an » était à la hauteur du prix affiché et le champagne était d'excellente qualité. A minuit, Camille et lui s'embrassèrent et trinquèrent avec les autres clients. Un homme en profita pour enlacer la jeune femme par la taille et demanda à Gilles la permission de s'asseoir à côté d'elle. Gilles décréta que si sa compagne n'y voyait aucun inconvénient, il n'en verrait pas non plus. Camille lui adressa un sourire surpris et, par provocation, invita l'homme à prendre place auprès d'elle. Gilles, indifférent à leur manège, les abandonna pour aller se joindre à un groupe de clients qui jouaient aux cartes deux tables plus loin. Lorsque ces derniers se rendirent à l'étage, le jeune homme resta seul, son attention à nouveau portée sur sa compagne. Il la regardait bavarder et rire avec un inconnu – dont les mains effleuraient ses mains, son visage, ses épaules – sans se décider à intervenir. Gilles commanda une nouvelle bouteille de champagne et leva son verre à la santé de son amie. Il était pourtant de plus en plus mal à l'aise. Il se sentait fiévreux, avait les mains moites, les tempes bourdonnantes, l'estomac noué par la rage et l'angoisse. Une terreur fascinée le poussait à ne pas quitter le couple des yeux, à souhaiter les voir se toucher plus franchement, s'embrasser, se lever et disparaître ensemble à l'étage. Il aurait voulu pouvoir les imaginer en train de faire l'amour dans un des recoins sombres du lieu, peut-être même les aurait-il suivis pour être tout à fait certain, avoir vraiment mal. Camille venait de lui jeter un clin d'œil taquin mais un peu soucieux, et il se força à lui sourire pour l'encourager à poursuivre. Il ne s'agissait plus de savoir jusqu'où elle irait, à présent. Gilles *voulait* qu'elle aille jusqu'au bout. Si, d'une manière ou d'une autre, il interrompait maintenant le cours de la partie, ni lui ni elle ne sauraient jamais jusqu'à quel point ils avaient été près de se perdre. La tentation de se laisser aller au jeu de l'infidélité accordée était dangereuse mais le doute, il le savait, l'aurait rendu fou. En dépit de l'appréhension qui l'agressait physiquement, le faisant suer et frissonner, Gilles ressentait la nécessité absolue de remettre en jeu sur ce seul coup de poker le lien encore fragile qui les unissait. Ça se passerait peut-être mal – ou peut-être bien – mais ça devait se passer. L'autre homme avait ramené sa chaise contre celle de Camille. Une main sur la nuque de la jeune femme, il semblait la flairer. Gilles, saisi de dégoût, détourna brusquement les yeux. Il se leva, sentant qu'il avait présumé de ses forces, et alla s'enfermer dans les toilettes. Lorsqu'il ressortit, après avoir longuement uriné et s'être lavé les mains à l'eau glacée, il ne trouva plus son amie, ni l'homme avec lequel il l'avait laissée l'instant d'avant. Gilles traversa la salle, posa une main sur la rampe d'escaliers, franchit la première marche puis s'arrêta, pris de vertiges. Il leva les yeux vers la bouche sombre de l'étage et s'aperçut qu'elle n'était autre que la gueule brûlante de l'Enfer. Des petits cris, des halètements, des souffles s'en échappaient. S'il y pénétrait, elle lui vomirait à la figure le pire de ses cauchemars. Il secoua la tête, retira son pied de l'escalier et parcourut encore une fois des yeux le rez-de-chaussée. Puis, gagné par la panique, il courut vers les toilettes pour femmes, en poussa brutalement le battant et ne vit qu'une petite brune d'une trentaine d'années en train de retoucher son maquillage devant la glace. Il actionna les poignées des deux cabines qu'il y avait derrière elle. Elles étaient inoccupées. Gilles crispa sa main droite sur sa poitrine, déchirée par une terrible douleur. Il se crut un moment terrassé par une crise cardiaque mais il pouvait bouger et respirer, bien que chaque nouvelle inspiration le fasse atrocement souffrir. Il retourna dans la salle, récupéra son blouson accroché au dossier de sa chaise et laissa le montant des consommations sur la table. Dans la rue, l'air frais lui fit du bien. Sa respiration était plus libre, il s'étira et bailla pour dilater les alvéoles de ses poumons, avant de faire quelques pas sur le trottoir. Il se rappela alors qu'ils n'étaient venus qu'à une seule voiture – la sienne – dont il avait rangé les clefs dans le sac à main de Camille. Il soupira, retourna dans l'établissement et avança jusqu'aux vestiaires. Là, il demanda à l'employée de lui fournir un bout de papier et un crayon, écrivit un petit mot à l'attention de son amie : il lui expliquait qu'il rentrait en taxi et lui laissait la voiture. Il s'excusait de ne pas l'avoir attendue, mais il était fatigué et n'avait pas réussi à la trouver pour la prévenir. Au moment de signer, il hésita entre « à ce soir » ou « à demain ». Il mit finalement « à plus tard ».

Il confia le message à l'hôtesse d'accueil avec un pourboire de cinq euros pour que celle-ci le glisse dans le sac de Camille, ce qu'elle fit sans ciller.

22

Le café était brûlant et amer. Gilles avait oublié de le sucrer. Camille, occupée à étaler le beurre sur une épaisse tranche de brioche, ne s'était pas encore souciée de la température du liquide dont elle avait rempli son propre bol. Le jeune homme, la bouche pleine, interposa sa main lorsqu'elle voulut le prendre. Puis il fit mine de tremper dedans le bout du doigt et grimaça pour lui faire comprendre que c'était trop chaud.

« Tu es rentrée tard, hier. Comment était ta soirée ? » demanda-t-il après avoir dégluti.

Elle sourit à demi :

« Sympathique.

    — Ton cavalier aussi ?

    — Oh, je ne t'en veux pas d'être rentré avant moi, fit-elle d'un ton sincèrement désinvolte. J'ai eu ton message. Tu as bien fait de ne pas m'attendre, si tu ne te sentais pas bien. J'aurais préféré qu'on passe la nuit du réveillon ensemble, mais bon... Tant pis, conclut-elle avec un sourire un peu las.

    — Je ne parlais pas de moi, grinça Gilles.

Elle leva la tête :

    — De qui, alors ?

    — De ton autre cavalier.

    — Quel autre cavalier ? J'ai vu plein de monde, là-bas (son visage s'anima). Si tu les avais vus s'entasser à travers tout l'étage (ses yeux s'agrandirent)... Ces gens-là ne font pas l'amour, ils copulent comme des animaux ! (elle était au bord du fou rire, à présent). Ecoute, si tu étais venu, tu aurais vu des trucs incroyables, là-haut (elle s'interrompit). Est-ce que tu es monté ?

Gilles fit un signe de tête négatif.

Je t'assure que ça valait le coup d'œil. Il y avait des gens qui faisaient ça à trois, tu imagines ? Enfin, oui, je sais que tu imagines, mais d'habitude c'est le genre de truc qu'on voit dans les films pornos, pas dans la vraie vie. Et là, de les voir... deux hommes et une femme ou deux femmes et un homme. J'ai même vu un groupe de quatre. Ils étaient deux couples, un homme et une femme qui devaient avoir notre âge et les deux autres qui approchaient la cinquantaine. C'est vraiment une boîte de dingues, là-bas, je n'aurais jamais cru voir des trucs pareils ailleurs qu'à la télé.

   — Tu n'as fait que regarder ? » demanda son ami avec réserve.

Elle inclina son joli visage sur le côté.

« Tu sais, moi, les jeux de cette nature... J'ai besoin de savoir à qui appartient le corps que je touche et qui touche le mien. Ce n'est pas tellement une question de pudeur ou de sentimentalisme, mais c'est un peu comme au restaurant : j'aime savoir ce que j'ai dans mon assiette.

La comparaison était si fruste que Gilles se sentit rougir à la manière d'une collégienne effarouchée et en conçut une vexation intense.

   — Peut-être, mais tu aimes regarder. On appelle ça du voyeurisme », constata-t-il sévèrement.

Elle eut un sourire coupable.

« Sans doute, puisqu'il est vrai que j'ai trouvé assez amusant de les regarder faire.

   — Amusant ou excitant ?

Elle rougit à son tour, mais sans parvenir à effacer son sourire.

   — Je ne sais pas trop, je n'ai pas suffisamment de recul pour le dire.

   — Tu as l'intention d'y retourner ? demanda Gilles, impassible.

– Pas sans toi ! répondit-elle, les yeux écarquillés comme s'il avait dit une absurdité.

– Je n'ai pas l'intention d'y retourner », commenta-t-il d'une voix nette mais dénuée d'agressivité.

Elle l'observa un instant :

« Très bien, dans ce cas nous n'y retournerons pas.

– Comment t'es-tu débarrassée de ton chevalier servant, au juste ?

– Mon chevalier servant ?

– Celui qui m'a demandé la permission de t'offrir un verre.

– Oh ! Lui ? Tu ne devineras jamais : non seulement il est de la région mais il habite la même ville que nous. Il était descendu sur Paris spécialement pour fêter le réveillon au *Marquis*, lui aussi. C'est amusant, non ?

– Très. Ça explique peut-être pourquoi il te serrait d'aussi près.

Elle esquissa un sourire :

– Il a dû me trouver à son goût.

– J'avais cru remarquer, oui. Tu n'as pas eu trop de mal à t'en débarrasser ?

– Il ne me dérangeait pas. D'ailleurs tu n'es jamais ennuyé par les mecs, là-bas, c'est le principe même de ce genre de boîte.

– Je ne vois pas comment tu pourrais le savoir, si c'est la première fois que tu y mets les pieds.

– J'ai pu le constater. Et puis c'est ce que m'a expliqué ce type, avec qui j'ai passé la fin de soirée. Ici, tout le monde est là pour le sexe, alors si quelqu'un te dit « non », c'est soit que tu ne lui conviens pas, soit qu'il est simplement venu se rincer l'œil. Conclusion : tu n'insistes pas et tu vas voir ailleurs.

– Et il a fini par aller voir ailleurs ? demanda Gilles, qui sentait la jalousie lui pincer discrètement les nerfs.

– Je suppose que oui, je suis partie juste après.

– Juste après quoi ?

– A ton avis ?

– Comment « à mon avis » ? s'emporta Gilles. Je n'y étais pas, moi, je n'ai pas d'avis à avoir ! Pourquoi ne réponds-tu pas à ma question ?

– Parce que ta question est idiote, répliqua-t-elle d'un ton nettement moins amical que jusqu'alors.

– Si ce n'est pas trop te demander, avant que je ne perde patience, j'aimerais beaucoup que tu m'expliques en quoi ma question est idiote, s'exaspéra Gilles.

– Mais tu es impossible, à la fin ! Que veux-tu que deux adultes consentants et normalement constitués fassent dans un endroit pareil ?

– Tu as couché avec lui ? gémit le jeune homme d'une voix étranglée.

– « Coucher » est un bien grand mot. Si tu crois qu'on avait la place de s'allonger, tenta-t-elle de plaisanter.

– Tu m'as menti ! Tu m'a menti sciemment ! Tu m'as dit que tu n'avais fait que regarder les autres et tu as baisé avec ce type !?

Elle haussa la voix, furieuse elle aussi.

– Je ne t'ai jamais dit que je m'étais contentée de faire une visite des lieux et je n'apprécie pas que tu me traites de menteuse. Je t'ai dit que je n'avais pas participé à des orgies communautaires, ce qui est la vérité. Toi seul en a déduit le reste. Je te rappelle au passage que tu as tout fait pour me pousser dans les bras de ce type et je trouve ta scène de jalousie particulièrement déplacée.

Gilles fixait sa compagne, bouche bée.

– Pourquoi as-tu fait ça ? demanda-t-il, confondu. Un jeu, ce ne devait être qu'un jeu...

– Et la partie est finie, le coupa Camille, les yeux rivés sur son bol. De toute façon, il est convenu que nous n'irons plus là-bas. N'en parlons plus.

– Camille, tu ne te rends pas compte, fit le jeune homme en secouant la tête. Il ne s'agit pas d'un banal flirt, tu as laissé un autre homme s'introduire dans notre intimité.

Elle ricana.

– Il s'est plutôt introduit dans *mon* intimité, me semble-t-il. »

Gilles tapa violemment du poing sur la table. Camille tressaillit et releva la tête. Son visage avait pris la couleur de la craie.

« Qu'est-ce que tu suggères ? Une séparation ? questionna-t-elle d'une voix blanche qu'elle voulait chargée de défi.

Gilles perçut la frayeur qu'il inspirait à la jeune femme et comprit qu'il devait avoir les traits déformés par la colère. Il baissa les yeux. Il voulut d'abord lui répondre qu'il n'en savait rien, mais s'avisa, au moment de parler, de ce que ces mots avaient de dangereux, de définitifs dans l'incertitude qu'ils exprimaient. De quoi abîmer à tout jamais les sentiments les plus profonds.

« Non. Seulement, il faudra bien qu'on en reparle un jour ou l'autre, parce que ce qui est arrivé hier soir n'a rien d'anodin. Si tu n'as pas envie d'en discuter aujourd'hui, tant pis. L'important est de ne pas prétendre qu'il ne s'est rien passé.

– Tu m'a encouragée à le faire, aies au moins l'honnêteté de le reconnaître, dit-elle après un temps.

– N'essaie pas de me faire endosser la responsabilité de tes actes. Je ne t'ai pas demandé d'accepter les avances de cet homme et encore moins forcé à satisfaire ses désirs, quels qu'ils étaient été. Mon seul tort dans cette affaire a été, je l'admets, de bien vouloir t'emmener dîner dans cette boîte sordide.

– Tu es d'une mauvaise foi monstrueuse ! s'écria Camille, les larmes aux yeux. Tu pouvais intervenir à n'importe quel moment. Tu aurais pu envoyer balader ce type quand il est venu m'offrir un verre et tu ne l'as pas fait. Tu aurais pu rester assis avec nous et tu ne l'as pas fait. Tu aurais pu l'empêcher de me toucher et tu ne l'as pas fait. Je ne t'ai pas quitté des yeux de tout le temps que tu as été dans la salle et à chaque fois que ton regard croisait le mien, tu te contentais de sourire et de hocher la tête. Et quand il s'est fait plus pressant, tu es parti et tu m'as laissée seule avec lui. Qu'est-ce que je devais en conclure, hein ?

– Que je suis un imbécile et que je ne supportais pas de te voir avec un autre homme », murmura-t-il avec réticence.

Camille garda le silence, déroutée.

23

Il y avait beaucoup de monde en terrasse et Camille, un plateau entre les mains, allait et venait sans arrêt depuis plus d'une heure, s'efforçant de garder le sourire, même lorsque des clients pressés la hélaient cavalièrement, voire sifflaient ou claquaient des doigts pour attirer son attention. Quelqu'un l'attrapa par la manche à son énième passage et elle faillit renverser son plateau :

« L'addition, s'il vous plaît !

— Tout de suite, Monsieur, répondit Camille sans perdre son sang-froid.

— Je suis très pressé...

— J'apporte une commande à une table et je vous la ramène en personne.

— Je vous préviens, j'ai déjà attendu un quart d'heure avant d'être servi alors si je n'ai pas la note d'ici une minute, je pars sans payer.

— Je vous la prépare immédiatement... *connard* », ajouta-t-elle entre ses dents avant de s'éloigner.

Elle servit un couple de retraités, débarrassa une table et rapporta l'addition au mauvais coucheur qui, comme elle s'y attendait, ne lui laissa pas le moindre pourboire.

« Vous arrivez à tenir, à ce rythme-là ? demanda une femme blonde qui venait de s'installer à une table.

— Il faut bien, répondit Camille en souriant poliment. Que puis-je vous servir ?

— Un Irish Coffee, merci. »

Camille retourna dans la salle et passa la commande au barman. Lorsqu'elle reparut sur la terrasse avec son plateau dans les mains, la femme l'interpella :

« Pendant que j'y pense, pourriez-vous également m'apporter un cendrier, je vous prie ?

    — Tout de suite, Madame (elle posa sa consommation devant elle). En principe, il y en a un sur chaque table. Je suis désolée, je n'avais pas remarqué qu'il manquait sur la vôtre.

    — Sans doute parce que vous-même ne fumez pas.

Camille eut un sourire surpris et un peu embarrassé.

    Je vais régler maintenant », dit la femme en ouvrant son sac à main.

Elle sortit de son porte-monnaie un billet de dix euros et le tendit à la serveuse.

« Gardez la monnaie. Quand vous ferez une pause, vous vous paierez une Despé à ma santé.

    — Comment le savez-vous ?

    — Que vous aimez la bière ?

    — Oui... enfin, la Despé.

    — Nous nous sommes déjà croisées.

    — Vraiment ? Je suis navrée, dit Camille, confuse, je ne vois pas où...

    — Vous avez couché avec mon mari.

Camille ouvrit la bouche, stupéfaite, puis secoua la tête avec vigueur.

    — Je vous assure qu'il s'agit d'un malentendu, se défendit-elle vivement. Je vis déjà avec quelqu'un et je suis parfaitement heureuse en ménage.

    — Ai-je laissé entendre le contraire ? » demanda la femme avec un sourire inquisiteur.

Camille agitait toujours la tête de droite et de gauche, de plus en plus déstabilisée. La femme la contempla encore un instant et se mit à rire avec bonne humeur.

« Ne vous affolez pas, c'était au *Marquis*. Vous êtes passée juste à côté de moi, en fait vous m'avez même frôlé l'épaule, lorsque vous êtes montée avec Ludovic après avoir terminé vos consommations.

Elle but une gorgée de café et reposa le verre sur sa soucoupe.

Excusez-moi, j'ai la fâcheuse habitude de parler de lui comme si tout le monde le connaissait : Ludovic est mon mari.

    – Je suis navrée », répéta Camille, désemparée.

Son interlocutrice sourit imperceptiblement.

« Navrée de quoi ? Qu'il soit mon mari ?

    – Non, oh non ! protesta Camille, au supplice, ce n'est pas ce que je voulais dire.

    – Calmez-vous, ma chère, je suis en train de me moquer de vous. Vous n'avez pas à être navrée de quoi que ce soit. Vous vous doutez bien que si Ludovic et moi allons ensemble au *Marquis*, c'est que nous avons tous deux des choses à y faire. Quant au fait que vous ne m'ayez pas reconnue, je n'ai aucune raison de me formaliser : dans un endroit pareil, une vache ne retrouverait pas son veau.

Elle leva les yeux sur Camille avec un sourire amical.

    J'y pense, je ne me suis pas présentée : Raphaëlle, dit-elle en lui tendant la main. Alors, vous me l'apportez ce cendrier ? »

24

Camille tournait et retournait la carte entre ses doigts avec satisfaction.

« Tu as eu de la chance de me trouver encore au bureau, j'aurais dû être en pause déjeuner, à cette heure-ci, lui dit Gilles en prenant la communication.

Que t'arrive-t-il ?

– Je profite d'une pause pour t'appeler, moi aussi. Nous sommes invités à déjeuner ce dimanche chez Monsieur et Madame... (elle lut la carte) Yourgaintz, Villa *Primavera*, 14 chemin de l'Amandier. Tu n'avais rien prévu de spécial ?

– Non, sinon je t'en aurais parlé. Qui sont ces gens ?

– Des clients avec qui j'ai sympathisé. Tu me reproches tout le temps de ne pas être assez sociable, alors je me suis dit que j'allais te faire mentir.

– Je suis ravi que tu me fasses mentir, pour une fois. Je vais devoir te laisser, mes collègues m'attendent pour aller au restaurant. Je t'aime. A ce soir.

– Tu ne m'a pas dit si tu étais d'accord pour dimanche.

– Bien sûr que je suis d'accord.

– Génial. Il faut que je retourne travailler, je t'embrasse.

– Passe une bonne journée. »

Camille raccrocha sans lui avoir répondu. Elle rangea la carte de visite dans la poche de son chemisier et en sortit son crayon et son carnet de commande avant de se diriger vers la salle d'un pas décidé. La perspective de ce déjeuner l'avait mise d'excellente humeur.

25

Sur le chemin du retour, Camille songea avec inquiétude que Gilles risquait de reconnaître en Ludovic Yourgaintz l'homme qui l'avait accostée au *Marquis*. Elle se raidit derrière son volant au souvenir de la discussion qu'ils avaient eu au lendemain de cette fameuse soirée. Ce matin-là, Gilles avait fait un effort visible pour ne pas lever la main sur elle. Camille avait rarement eu aussi peur de sa vie.

Elle descendit sa voiture au deuxième sous-sol du garage, coupa le contact et resta assise dans l'obscurité. Elle ne voulait surtout pas voir se transformer en fiasco sa première occasion dans cette ville de se faire des amis. Elle réfléchissait à la meilleure manière d'aborder la question lorsque son téléphone portable vibra dans sa poche de poitrine.

« Oui ?

  — C'est Gilles. Il est tard, tu es où ?

  — J'arrive, je suis dans le garage.

  — OK, je t'attends. »

Camille prit une longue inspiration et posa ses mains à plat sur le volant. Puis elle retira la clef de contact, la rangea dans son sac fourre-tout et descendit du véhicule.

Gilles était déjà couché. Elle se pencha sur le lit pour l'embrasser, puis alla se démaquiller dans la salle de bain avant de passer sous la douche. Elle vint se coucher peu de temps après, la peau imprégnée d'un parfum de lavande auquel Gilles n'était pas habitué (en temps ordinaire, Camille utilisait un savon au miel). La jeune femme lui demanda ce qu'il pensait de son nouveau lait pour le corps. Sans se retourner, Gilles lui répondit qu'il trouvait

82

l'odeur délicieuse mais qu'il tombait de sommeil. Camille s'appuya sur son épaule :

« Je croyais que tu m'attendais.

— Je t'attendais pour éteindre la lumière, marmonna-t-il. J'ai eu une journée épuisante.

— Moi aussi. Je peux te dire un mot avant d'éteindre ?

— Vas-y. »

Camille lui exposa posément les circonstances dans lesquelles elle avait fait la connaissance de Raphaëlle à la terrasse du restaurant (elle lui raconta l'histoire du pourboire et de la bière, puis lui parla enfin de son mari). Gilles se redressa brusquement dans le lit et lui demanda si elle était devenue folle ou complètement perverse. Camille avait beau s'être préparée à une telle réaction, son cœur fit un bond dans sa poitrine.

« Oh ! Gilles, pour l'amour du Ciel ! C'est une invitation tout ce qu'il y a de plus banale, se récria-t-elle.

— Le type qui t'a sautée dans une boîte à partouze nous invite à dîner et tu trouves cette invitation banale ? »

Gilles n'arrivait pas à croire ce qu'il venait d'entendre. Il fixait avec ahurissement le profil de Camille, qui était restée allongée sur un coude, l'air boudeur.

« C'est sa femme qui nous a invités, il n'était même pas là quand elle me l'a proposé. Et puis tu n'es pas obligé d'employer des termes blessants.

— Des termes blessants ?

— Oui, comme « sautée » ou « partouze ».

— Mais Camille, ce sont tes propos qui sont blessants. Ils sont insultants pour moi, articula Gilles avec lenteur, comme s'il parlait à une malade mentale. Te rends-tu compte à quel point cette invitation est malsaine?

Camille se contenta de hausser les épaules.

Tu voudrais nous voir tous les quatre assis à la même table ? insista-t-il.

— Je ne vois pas ce que ça aurait d'extraordinaire.

— Est-ce que sa femme est au courant, au moins ?

— Je viens de te dire que c'était elle qui nous avait invités.

— Mais est-ce qu'elle sait que son mari et toi, vous avez... ?

– Gilles, est-ce que tu fais attention à ce que je te dis ? Bien sûr qu'elle est au courant, elle était là, elle m'a vu monter à l'étage avec lui. Ecoute, leur vie privée ne nous regarde pas. Ils nous ont simplement invités à déjeuner, il n'y a aucune ambiguïté là dedans. De quoi as-tu peur? Je n'ai pas revu cet homme depuis la nuit du réveillon et nous n'avions même pas échangé nos numéros de téléphone.

– Encore heureux !

– Gilles... Cet homme est visiblement un habitué, il a dû rencontrer des dizaines de filles dans des boîtes de ce genre : avec un peu de chance, il ne se souviendra même pas de moi...

– C'est bien le fait que lui et sa femme soient des habitués de ce genre de lieu qui me déplaît. Excuse-moi mais j'ai de sérieux doutes quant à leur conception de la moralité.

– Aucun de tes copains ne fréquente de prostituées ?

– Ça n'a aucun rapport.

– Si, ça en a un. Réponds-moi honnêtement : tu n'as jamais fréquenté de prostituées ?

– Je n'en ai jamais eu besoin.

– Et tu ne connais personne qui l'ait fait ?

– Si, mais il y a une énorme différence entre s'offrir les faveurs d'une prostituée et avoir un hobby qui consiste à coucher à tort et à travers avec toutes les personnes du sexe opposé, de préférence sous les yeux de leur conjoint.

– Tu trouves Tony infréquentable ?

– Tony ?

– Je suis certaine que ton copain Tony s'offre les services d'une prostituée.

– Qu'est-ce que tu en sais ? demanda Gilles en écarquillant les yeux.

– Il a tout à fait l'allure d'un type qui fréquente les prostituées.

– Tu ne l'apprécies peut-être pas mais il mène sa vie comme il l'entend. Il n'a rien à voir dans notre conversation. Quant au fait qu'il fréquente ou non des prostituées, je n'en sais absolument rien et tu n'as pas à le savoir non plus. Enfin, en quoi est-ce que ça te regarde ?

— En rien, justement. Exactement comme la vie privée des Yourgaintz ne nous regarde en rien. »

Gilles ne répondit pas. Il savait Camille fantasque et entêtée, mais il ne comprenait pas ce soudain engouement pour des gens qu'elle connaissait à peine. Pourquoi tenait-elle tant à ce dîner ? Elle n'avait pas l'air de réaliser que son insistance même avait quelque chose de choquant.

« Camille, est-ce que tu as conscience des horreurs que tu es en train de me sortir ?

— Je te demande de me faire plaisir, je ne vois pas ce que ça a de si *horrible*. »

Camille raisonnait comme une enfant, sans jamais se mettre à la place des autres, pensa Gilles. Elle rêvait depuis longtemps d'avoir ses propres amis, avec qui Gilles et elle iraient au cinéma de temps en temps ou échangeraient des invitations à dîner. Cette perspective l'enthousiasmait à un point tel qu'elle n'imaginait pas une seule seconde que le jeune homme puisse avoir une vision différente de la situation.

« Laisse-leur une chance, implora Camille. Fais-le pour moi, je suis persuadée que nous passerons une excellente après-midi. Et puis rien ne nous oblige à rester, si ça se passe mal...

— Je ne veux pas m'asseoir en face d'un type qui t'a... Rien que d'y penser, ça me rend malade, fit-il en se prenant la tête à deux mains. Camille, essaie de me comprendre...

— Je t'en supplie, je n'ai pas envie d'y aller seule...

— Il est hors de question que tu y ailles seule ! protesta-t-il.

— Tu n'as pas à décider à ma place. »

Gilles redressa la tête. L'espace d'un instant, Camille crut que la discussion allait vraiment mal tourner.

« Ne fais pas ça, soupira Gilles.

Elle eut un mouvement de recul instinctif.

— Ne fais pas quoi ?

— Ne fais pas comme si tu avais peur que je te frappe, ça me met mal à l'aise. Je n'ai jamais giflé et encore moins battu une femme, ce n'est pas avec toi que je vais commencer.

Camille s'humecta les lèvres, puis reprit d'une voix plus douce :

– Je t'en supplie, Gilles, c'est juste un dîner. Un malheureux dîner. Accepte. Rien qu'une fois. »

Gilles la regarda à son tour. Elle semblait désespérée. Camille avait les nerfs à fleur de peau, ces dernières semaines. Gilles songea qu'il l'avait souvent encouragée à aller au devant des autres - ce qu'elle s'était toujours refusée à faire jusqu'ici - et tous deux n'étaient pas sortis depuis cette fameuse soirée au *Marquis*. Or, Camille avait en elle trop de tension et d'énergie pour supporter de rester enfermée des dimanches entiers entre quatre murs, aussi vaste et confortable que soit leur appartement.

« Entendu, céda le jeune homme après un temps de réflexion. Je t'accompagnerai, mais c'est uniquement pour te faire plaisir. Si jamais ce type se permet le moindre geste ou propos déplacé, je vous tue tous les deux.

– Tu es un ange, fit Camille en se pendant à son cou.

– Je tuerai peut-être sa femme aussi, histoire de faire bonne mesure.

– Tu n'es pas drôle, Gilles, lui dit-elle avec un sourire figé.

– Non, parce que je suis jaloux. J'espère que je te fais peur.

– Presque (elle l'embrassa sur la joue et éteignit la lampe). Bonne nuit, gros nounours.

– Mouais. Ne pousse pas trop loin le bouchon, je pourrais changer d'avis, d'ici demain matin.

Il distingua le rire de Camille au milieu du bruissement des draps.

Bonne nuit, Princesse », murmura-t-il.

26

Gilles coupa le contact et serra le frein à main. Camille descendit du véhicule sans l'attendre et observa de la rue la grande villa aux murs saumon. La jeune femme tenait avec précaution une boîte en carton décorée au nom d'un des meilleurs pâtissiers de la ville.

Gilles remarqua que la maison avait été construite sur un seul étage et estima sa surface habitable à environ deux cents mètres carrés. Il n'avait pas compté le garage, dont il apercevait la porte à commande automatique en retrait sur la gauche. En guise de jardin s'étendait devant eux un immense parterre de gravier traversé par une allée de dalles brunes. Quelques plaques de gazon mal entretenu poussaient çà et là en bordure du gravier, au pied d'une haie de cyprès. Camille appuya sur la sonnette et attendit. Le grincement du portail en fer forgé la fit sursauter : l'ouverture devait être commandée de l'intérieur.

« Entrez, je vous en prie », fit une voix masculine dans l'interphone.

Camille, un peu intimidée, se tourna vers Gilles avec un sourire indécis. Il la prit par la taille et se dirigea avec elle vers la porte d'entrée, qui s'ouvrit devant eux à la volée.

« Vous avez trouvé facilement ? demanda Ludovic avec un grand sourire.

— Sans aucun problème », répondit Gilles, impassible.

Ludovic se présenta et leur tendit la main avant de les inviter à entrer. Il débarrassa Camille de son carton et leur indiqua la penderie.

« Votre femme n'est pas là ? s'enquit Gilles.

— Si, elle finit de s'habiller. Je vais vous faire visiter, en attendant. A moins que vous ne préfériez prendre l'apéritif ?

— Non, nous le prendrons tous ensemble », fit Camille poliment.

Gilles s'aperçut qu'il y avait beaucoup plus de surface intérieure qu'il ne le pensait. De l'extérieur, la perspective était faussée : une simple vue de la façade ne permettait pas de se rendre compte de la profondeur de la maison. Ludovic leur expliqua que la villa était composée de deux appartements, dont un servait d'atelier à sa femme pour travailler et entreposer ses toiles.

« Ma femme est artiste peintre, expliqua Ludovic. Vous n'avez jamais vu ses toiles dans les galeries de la région ?

— Nous n'avons pas beaucoup de temps pour visiter les expositions, s'excusa Camille.

— Moi non plus, fit Ludovic avec un sourire complice. Je sais seulement que les toiles de Raphaëlle ont une certaine valeur. D'ailleurs, c'est une artiste plutôt bien cotée sur le marché de l'art contemporain. J'ai toujours trouvé très surprenant de voir l'art et l'argent se côtoyer de la sorte. Pas vous ?

Gilles ne répondit pas.

— Je n'ai jamais réfléchi à la question, fit Camille timidement.

— Qu'y a-t-il de plus éloigné des fluctuations boursières que la notion d'esthétique ? L'esthétique est une notion abstraite, gratuite, elle n'a pas de taux, elle ne s'évalue pas comme une monnaie. Seul celui qui contemple une œuvre d'art peut en estimer la valeur.

— Ne te lance pas dans des discours philosophiques avant même d'avoir servi l'apéritif, tu vas faire fuir nos invités, lança Raphaëlle de l'autre bout de la pièce.

— Ah ! Puisque la maîtresse de maison est fin prête, nous allons pouvoir passer au salon », fit Ludovic.

Raphaëlle, fondue dans une longue robe de soie blanche, vint saluer ses hôtes en les complimentant sur leur élégance de la façon la plus convenue qui soit. Gilles se dit que son mari et elle formaient le couple idéal : l'alliance parfaite du snobisme et de la vanité. Le déjeuner promettait d'être mortellement ennuyeux. Le jeune homme regrettait déjà d'avoir accepté d'accompagner son amie.

À table, Gilles observa avec curiosité la démultiplication de saladiers et ramequins aux motifs provençaux remplis de crudités, de sauces crémeuses et de divers amuse-gueules.
« Servez-vous, tout est sur la table, annonça Raphaëlle. J'espère que je ne vous choque pas mais je préfère discuter avec mes invités plutôt que de faire le service.

- Je suis exactement comme vous, répondit Camille.
- Vous n'êtes pas allergiques aux produits de la mer, au moins ? L'essentiel du repas consiste en crustacés, coquillages et saumon fumé.
- J'adore les fruits de mer », fit Gilles en saisissant une brochette de crevettes et avocat.
- Tant mieux. Et vous, Camille ?
- Également.
- Bien, vous m'en voyez ravie. »

Raphaëlle avait baissé les yeux, comme sous le coup d'une brusque fatigue. Elle tendit lentement la main vers une branche de céleri. Camille remarqua le fin duvet blond sur ses avants-bras, ces longs doigts blancs aux ongles en ovale - ongles qui étaient tous d'une égale longueur, d'une égale propreté, uniformément recouverts de vernis translucide. Elle regarda Ludovic, très différent de sa femme. Il avait les cheveux et les yeux d'un noir profond, des sourcils épais qui se rejoignaient au-dessus d'un nez en bec d'aigle, des doigts courts et carrés. Camille l'avait déjà vu sans aucun vêtement sur le corps, elle devinait sous la chemise sa pilosité de méditerranéen, sa peau brune, son empâtement relatif. Elle lui demanda de quelle région il était originaire.

« Je suis né à Paris mais ma famille et d'origine grecque. Je représente la troisième génération de Yourgaintz français, fit-il avec un sourire. Au fait, je n'ai pas retenu votre nom de famille...

- Cerisier, comme l'arbre.
Ludovic hocha sentencieusement la tête.
- C'est votre nom de jeune fille ?
- Je n'ai jamais été mariée.

    – Et vous, Gilles, d'où votre famille est-elle originaire ?

    – D'Italie du Sud.

    – Quel est votre patronyme ?

    – Manzotti.

    – Vous êtes né en France, je suppose.

    – C'est exact. Ma famille est française depuis plusieurs générations, mais je ne saurais vous dire combien.

    – Dans quel coin de la France êtes-vous né ?

    – A Lyon, dans le Rhône.

    – Vous êtes tout comme moi un nantais d'adoption, alors. Êtes-vous déjà allé en Italie ?

    – Quand j'étais petit, mes parents m'emmenaient passer une partie des vacances d'été à Vintimille, à côté de la frontière. Par la suite, j'ai fait un court séjour à Florence pendant mes études, mais je n'y suis plus retourné depuis.

    – *Firenze.* C'est une ville que je connais bien. J'ai traité sur place un certain nombre de contrats pour ma société avec les hôteliers florentins. Je n'avais malheureusement pas beaucoup de temps pour jouer les touristes. Je l'ai toujours regretté. Ma femme, elle, a plus de chance, elle est son propre patron. Elle a exposé à Venise l'an dernier. Vous me croirez si vous voulez, elle m'appelait tous les soirs pour me décrire un nouveau quartier de la cité et ses canaux. À croire qu'elle a passé tout son séjour sur une gondole. »

Ludovic disserta sur le sujet quelques instants. Avant d'occuper un poste sédentaire dans la gestion des ressources humaines, il avait voyagé à travers toute l'Europe en tant que représentant d'une chaîne d'hôtels internationale. Ancien rugbyman amateur, il connaissait sur le bout des doigts les traditions sportives de chaque pays, avait un avis extrêmement précis sur les chances que chacun d'eux avait de remporter le tournoi des Six Nations où la prochaine coupe du monde de football. Gilles en débattit avec lui tout au long du repas et se surprit à trouver la conversation agréable.

27

Le café fut servi au salon. Camille s'était installée dans un grand fauteuil en cuir noir à inclinaison variable dont le dossier était trop en arrière à son goût. Sa main tâtonna quelques secondes sur la molette de réglage avant d'en comprendre le mécanisme. Raphaëlle vint lui prêter main forte, puis s'assit sur un des bras du fauteuil, une coupe de cerises à l'eau de vie entre les doigts.

« Vous allez souvent au *Marquis* ? demanda-t-elle.

— Oh, votre mari ne vous a pas dit... ? commença Camille. Pardonnez-moi, j'imagine qu'il ne vous parle pas de toutes les femmes qu'il rencontre, se reprit-elle gauchement.

— Nous ne tenons pas le compte exact de nos conquêtes, en effet (la femme considéra son interlocutrice d'un air perplexe). Bien que votre réflexion constitue un aveu partiel, vous n'avez pas répondu à ma question.

— À vrai dire, c'est la première fois que Gilles et moi nous rendons dans... (Camille s'arrêta, embarrassée).

— Un club échangiste, compléta Raphaëlle en souriant. C'est comme ça que ça s'appelle.

— Je ne pensais pas qu'un endroit pareil puisse exister, reprit Camille. Les rencontres se font si naturellement, si facilement... C'en est même dérangeant, les premières minutes.

— Et vous avez fait la connaissance de couples intéressants ?

Camille grimaça légèrement.

— Je ne suis pas attirée par ce genre de pratique.

- Quel genre de pratique ? Vous et votre ami êtes tombés sur un couple sadomasochiste ? demanda Raphaëlle, amusée.

- Non, je veux dire que l'idée d'avoir plusieurs partenaires en même temps me déplaît.

- Vous ne fréquentez pas les bons établissements, dans ce cas. Varier les plaisirs représente le principal intérêt de l'échangisme.

- Pas le nôtre. D'ailleurs, Gilles n'est pas resté, il était fatigué ce soir là.

- On ne peut pas dire que votre sortie ait été très constructive, à l'un et à l'autre, commenta Raphaëlle. Lorsque vous vous êtes retrouvée seule, n'avez vous pas été tentée ne serait-ce que de flirter avec un homme et sa partenaire, simplement pour juger de l'effet que ça vous ferait ?

- Vous voulez dire se laisser peloter par la femme d'un type qui est en train de vous allumer ? Laisser l'un vous souffler des insanités dans l'oreille pendant que l'autre vous glisse ses doigts je ne sais trop où ? Je n'ai pas été tentée une seule seconde, non.

- Certaines femmes ont une sensibilité au corps féminin bien plus développée que celle de leur conjoint. L'expérience peut se révéler particulièrement satisfaisante, surtout si le couple en question est bien coordonné.

Elle ajouta, souriante :

Je ne parle pas pour mon mari et moi, Ludovic dit toujours que j'ai une haleine de cheval mort, à cause du tabac. Il prétend que m'embrasser donne la sensation d'avaler le contenu d'un cendrier rempli de mégots froid. Comparaison tout à fait charmante, vous en conviendrez.

Elle marqua une courte pause.

Je ne fume pourtant pas plus de quatre ou cinq cigarettes par jour, mais Ludo a toujours eu le nez et le palais très sensibles. Vous fumez ?

- Non.

– Vous êtes décidément très conformiste. A votre age, c'est un peu triste, il me semble. Vous ne fumez pas, vous êtes hétérosexuelle et monogame. Vous ne sortez donc jamais des sentiers battus ?

– Qu'appelez-vous « sortir des sentiers battus » ? Avoir des vices ?

– Vous y allez fort, répondit Raphaëlle avec un sourire discret. Fumer n'est sans doute pas ce que je fais de mieux - encore que ce soit en petite quantité - mais le sexe fait partie des plaisirs de la vie, or je ne pense pas que le plaisir soit nécessairement un vice s'il ne nuit à personne. Vous ne vous êtes jamais interrogée sur ce que pourraient vous apporter des expériences nouvelles dans ce domaine ?

– J'ai une sexualité très normale, hasarda Camille avec un sourire gêné.

– Il est absurde de parler de sexualité. Le terme de sexualité n'a aucune signification. Il n'y a que du sexe, rien d'autre. Peu importe vers quel objet il se tourne, il existe des millions de possibilités sur cette terre. A chacune ne correspond pas une sexualité différente mais juste un désir, un plaisir ponctuel, le sexe, quoi.

– Il existe tout de même des préférences. Je suppose que c'est cela qu'on nomme la sexualité.

– Combien d'hommes avez-vous connu ? demanda Raphaëlle.

– Quatre ou cinq.

– Le barème n'est pas suffisamment élevé pour que vous ne puissiez vous en souvenir : quatre *ou* cinq ?

– Cinq avec Gilles, répondit Camille.

– Et de femmes ?

– Deux.

L'artiste haussa ses fins sourcils cendrés.

– Vous n'avez donc pas trouvé cela si déplaisant, puisque vous y êtes revenue.

– Je ne prétends pas que c'est déplaisant, je dis juste que c'est moins plaisant qu'avec un homme.

- Voudriez vous venir dîner à la maison samedi soir ? Ludovic et moi serions ravis de vous faire changer d'avis sur les vertus du classicisme pornographique.

Elle lança un coup d'œil en direction des deux hommes, qui discutaient un peu à l'écart.

Votre ami m'a tout l'air d'un garçon sympathique et mon mari et lui s'entendent bien. Il n'y a aucune raison que nous ne passions pas une agréable soirée.

Camille la regarda, éberluée.

- Vous parlez de faire l'amour à quatre ? Ensemble ?

Raphaëlle se mit à rire.

- Disons deux par deux pour commencer. Les prouesses techniques attendront.

Elle se tourna vers son mari, l'appela et lui fit signe d'approcher.

- Madame ? l'interrogera-t-il comiquement.

- Je me proposais d'inviter nos nouveaux amis à une petite soirée privée, samedi prochain. Qu'en penses-tu ?

- Eh bien, ma foi, s'ils sont d'accord, fit-il en croisant les mains dans son dos.

- Gilles ? demanda Raphaëlle, sourcils froncés.

- Je crains de ne pas avoir de smoking présentable à me mettre, s'excusa le jeune homme. J'imagine que vous allez recevoir d'autres artistes de votre connaissance et je ne serai pas vraiment à mon aise au milieu d'eux, d'autant plus, je l'avoue, que je suis un véritable béotien en matière d'art.

- Et moi je crains, mon cher Gilles, que vous ne vous mépreniez sur le sens de mon invitation, le reprit Raphaëlle sur le ton de l'ironie mesurée. Camille et vous serez nos seuls invités et le smoking n'est guère prisé dans ce genre de réunion. En réalité, je peux vous assurer que vous serez parfaitement à votre aise dans la tenue que vous aurez adoptée, ainsi que l'étaient Adam et Eve dans le jardin d'Eden.

Gilles cligna des yeux à deux ou trois reprises.

Vous saisissez ? demanda Raphaëlle, la tête penchée sur le coté. Il est entendu que votre amie a posé un accord de principe, nous n'attendons plus que vous.

Gilles ne parlait toujours pas.

Mais j'y pense, j'aurais dû commencer par là : peut-être ne suis-je pas à votre goût ? continua la femme.

Le jeune homme la détailla des pieds à la tête, les yeux brillants. Elle était grande et belle. D'une beauté assez classique, mais qu'importe. Elle n'était pas faite dans le menu, l'attendrissant, le fragile, comme Camille ; elle était faite dans la force et le marbre.

« Pourquoi pas ? » lâcha-t-il enfin.

28

« Belle œuvre d'art », observa Raphaëlle, détaillant le tatouage tandis que Camille se déshabillait.

Gilles n'était pas très sûr de ce qu'il convenait de faire, à présent. Il avait accepté l'invitation des Yourgaintz sur un coup de tête, parce que Raphaëlle était indéniablement attirante mais aussi, sans doute, parce qu'il voyait là l'occasion de rendre à Camille son infidélité, une façon de remettre les compteurs à zéro.

« Vous n'êtes pas mal non plus », fit-il avec un sourire gêné.

Raphaëlle se retourna vers lui et le considéra d'un air flatté :

« Merci.

Elle s'assit au bord du lit.

Vous venez ?

Gilles s'approcha maladroitement, intimidé par la situation.

Je ne vais pas vous manger, fit Raphaëlle d'un ton moqueur. Sauf si vous insistez, bien entendu. »

Le jeune homme se coula auprès d'elle, se laissa caresser, embrasser, guider par le va-et-vient de ses hanches, dont le mouvement régulier entraînait les siennes. Il en oubliait la présence de Camille et Ludovic à leurs côtés.

29

Ludovic faisait preuve d'autant de prévenance que lors de leur première rencontre, il prenait son temps, économisait ses forces, faisait naître, croître et durer le plaisir avec une placidité étonnante. Le contact de son estomac mou et rebondi, à la peau velue, sur son propre ventre, donnait à Camille un avant-goût de ce que serait sans doute l'amour avec Gilles dans cinq ou dix ans, s'ils étaient toujours ensemble.

Le visage de Raphaëlle apparut derrière celui de son mari. Elle était à genoux sur les draps, splendide sous sa crinière blond cendré. Gilles reposait à plat ventre à côté d'elle, en nage, le souffle court, le regard fixé sur Camille et Ludovic. Raphaëlle caressa légèrement la nuque de son mari puis se pencha par-dessus son épaule. « Pas encore fini ? » lui souffla-t-elle dans l'oreille. « Mon mari est un spécialiste de la performance sur la durée », plaisanta-t-elle à l'adresse de Camille. Gilles se souleva sur un coude, s'approcha de son amie, chercha ses lèvres et l'embrassa. Camille lui rendit son baiser et ferma les yeux, ne sachant - et ne voulant pas savoir - à qui appartenaient les corps quelle sentait se presser autour d'elle.

Les paupières lourdes, elle finit par s'endormir dans les bras du corps qui lui parut le plus doux, le plus ouvert et le plus fort. Elle n'avait conscience de rien d'autre que de sa fatigue et de sa propre respiration. Elle plongea dans un sommeil trop profond pour être peuplé de rêves et dormait toujours lorsque son compagnon sortit du sommeil à huit heures du matin.

Gilles, éveillé par un rayon de soleil qui frappait son visage à travers les stores vénitiens, ouvrit un œil dépaysé sur le décor de la pièce et mit quelques secondes avant de réaliser qu'il n'était pas chez lui et de se souvenir des événements de la veille. Camille, enroulée au creux de Raphaëlle, dormait comme un nouveau-né assoupi sur le sein de sa mère. Ludovic tenait le corps des deux femmes entre ses bras. Gilles fut choqué par le singulier tableau devant lequel il se trouvait. Il ne ressentait aucune colère à l'égard de l'homme - ce qu'il ne s'expliquait pas - mais il ne s'expliquait pas plus la gêne et l'irritation qu'il éprouvait à voir Camille reposer ainsi, nue et sans défense, aux côtés de cette femme. La veille au soir, il ne s'était nullement indigné de l'immoralité supposée de leurs actes à tous les quatre. Et ce matin, dans l'innocence du sommeil, l'attitude de Camille lui paraissait odieuse, provocatrice. Raphaëlle, toujours endormie, fit légèrement remonter sa main sur les reins de la jeune femme et celle-ci s'étira à la manière d'un chat qui sort d'une longue sieste au soleil. Gilles comprit soudain ce qu'il trouvait de si déplaisant à ce spectacle. Camille ne s'était pas endormie dans cette posture, la tête sur l'épaule de Raphaëlle et une main sur sa taille, au hasard de leurs jeux. Elle s'était délibérément tournée vers cette femme au moment de sombrer, dans ce même mouvement qu'elle avait lorsqu'elle se glissait affectueusement entre les bras de Gilles après qu'ils aient fait l'amour. Il la secoua par le bras avec vigueur, elle se réveilla en clignant des yeux, lui sourit et se tourna vers lui. Il la serra contre sa poitrine avec possessivité et elle referma les yeux. Il observa que Raphaëlle, bien qu'elle ne semblât toujours pas s'être éveillée, s'était elle aussi retournée vers son mari, qui caressait doucement son dos et embrassait son épaule. Ludovic redressa la tête, vit que Gilles était réveillé et lui sourit amicalement :

« Nos compagnes ont apparemment moins de résistance à l'effort que nous, chuchota-t-il. Je vous les confie pendant que je vais faire du café.

— Attends encore un peu, murmura Raphaëlle, je vais avoir froid, si tu te lèves.

— Tu as bien dormi ? lui demanda son époux.

— S'il te plaît, mon amour, reste là », fit-elle pour toute réponse.

Elle resserra son étreinte autour de son cou et soupira lentement.

30

Les Yourgaintz étaient apparemment habitués à recevoir du monde au petit-déjeuner, car la table, remarqua Gilles, ne manquait de rien. Café, thé, jus d'orange, cacao et lait frais formaient le cortège des boissons ; croissants, céréales, yaourts, pain grillé, miel et confiture côtoyaient des mets moins traditionnels, comme des pancakes et du sirop d'érable, mais aussi du fromage, du jambon blanc et des œufs durs, pour les aliments solides. Il y en avait vraiment pour tous les goûts.

« Mais c'est beaucoup trop ! s'exclama Gilles. Tout ça ne se conservera pas longtemps, vous allez devoir en jeter la moitié.

— Allons donc, le rassura Ludovic. Tous nos invités nous tiennent le même discours. Asseyez-vous et servez-vous, vous verrez que l'appétit vient en mangeant. »

Camille, moins cérémonieuse que son compagnon, s'assit en face de Raphaëlle et se servit une tasse de café noir et un verre de jus d'orange. Puis elle demanda à Ludovic s'ils avaient du sucre et ce dernier poussa vers elle le sucrier en argent.

« Vous ne garderez pas un trop mauvais souvenir de cette nuit, j'espère ? demanda Raphaëlle en remplissant son propre bol de thé à la mandarine.

— Du tout. Il faudrait que votre mari et vous veniez dîner à la maison, un de ces soirs. Gilles sera ravi de vous faire visiter l'appartement de son père, il en est très fier.

— Nous n'y manquerons pas. »

31

Les Yourgaintz étaient arrivés juste à l'heure, avec en cadeau une bouteille de Saint-Emilion grand cru. Gilles mit le vin de côté pour le dîner et déboucha un magnum de champagne pour l'apéritif. Au moment de passer à table, Camille avait déjà beaucoup bu. Elle était gaie, alerte, communicative. Gilles l'écoutait parler avec attention, prêt à intervenir au cas où elle se serait un peu trop étendue sur certains détails de leur vie privée, mais il n'eut pas à le faire. Camille raconta comment les amis de Gilles, à l'occasion du trentième anniversaire de ce dernier, lui avaient offert deux places de concert pour Bruno Mars au Stade de France et comment Camille et lui avaient oublié d'y aller parce qu'ils s'étaient disputés le soir même et réconciliés ensuite sur l'oreiller jusqu'à tard dans la nuit. Elle se souvenait de la gêne qu'ils avaient éprouvée lorsque Franck – un de ceux qui s'étaient cotisés pour acheter les billets - leur avait demandé s'ils avaient apprécié « Bruno en direct live ».

Gilles n'avait pas osé lui dire la vérité :

« C'était grandiose, avait-il répondu. De superbes effets spéciaux. Un vrai feu d'artifice ! »

Camille avait été prise d'une crise de fou rire et avait dû quitter la table. Depuis, l'expression *direct live* leur servait de signal de départ lorsqu'ils s'ennuyaient en compagnie d'autres personnes et souhaitaient se retrouver seuls.

« Tu ne crois pas que tu devrais lever le pied ? demanda Gilles en voyant Camille se resservir un verre de Bordeaux.

– Si, j'ai la tête qui tourne mais ce vin est délicieux.

– Vous vous y connaissez en vin ? interrogea Raphaëlle.

100

–   Disons que je débute. C'est Gilles qui m'a appris à apprécier les bons vins, mais j'ai encore beaucoup de chemin à faire.

–   Apprécier un Saint-Emilion Grand Cru est signe que vous êtes une élève douée.

Camille se demanda dans quelle mesure cette réflexion n'était pas une moquerie.

–   Camille, l'interpella Ludovic d'un ton joyeux, sauriez-vous nous décrire la saveur de ce vin ?

–   Pas en termes techniques, répondit-elle avec circonspection.

–   Peu importe, dites-nous ce que vous ressentez lorsque vous le dégustez.

Camille lui sembla que Raphaëlle l'observait du coin de l'œil, une expression goguenarde figée sur les lèvres.

Je le trouve très bon, il est long en bouche, fruité... Vraiment très bon, je ne vois pas quoi dire d'autre », conclut Camille sur un ton d'excuse.

Ludovic acquiesça d'un air satisfait.

« Et vous, Gilles ?

–   Il a de la maturité, un fond argileux, des arômes de myrtille caractéristiques de ce millésime quatre-vingt quinze (il promena son verre sous son nez une ou deux fois). Un très grand vin, complexe, d'une qualité irréprochable. Un Château Franc-Mayne dans la grande tradition des Saint-Emilion. Entre nous, il a dû vous coûter cher, non ?

Ludovic était rayonnant.

–   Vous ne pouvez pas savoir à quel point vous me faites plaisir, tous les deux. Boire un grand vin en compagnie de connaisseurs, voilà qui redonne du baume au cœur ! »

Camille but une nouvelle gorgée de vin. Elle fut prise d'un brusque vertige, se rattrapa au bord de la table et porta une main à son front :

« Vous ne vous sentez pas bien ? demanda Raphaëlle.

–   Si... Enfin, non. Ça va passer. Vous ne m'en voudrez pas si je vais m'allonger une minute ? Je crois que j'ai un peu trop bu.

Ludovic secoua la tête avec un demi-sourire.

Excusez-moi, fit Camille d'un air penaud. Gilles avait raison, j'aurais dû me montrer plus raisonnable, je n'ai pas l'habitude de boire autant. J'ai tellement honte...

— Il ne faut pas », la rassura Raphaëlle.

Ludovic tendit prestement la main pour rattraper Camille, qui venait de trébucher sur le tapis en écartant sa chaise. Gilles se leva pour accompagner la jeune femme jusqu'à sa chambre, puis réapparut dans la salle à manger deux à trois minutes plus tard :

« Raphaëlle...

— Oui ?

— Camille voudrait vous demander quelque chose.

— Quoi donc ? demanda la femme.

— Je n'en sais rien, elle m'a dit qu'elle voulait vous parler.

— J'arrive », dit-elle en se levant.

Raphaëlle plia proprement sa serviette de table et la posa à côté de son assiette à dessert.

« Elle est dans notre chambre. Seconde porte à gauche, précisa Gilles.

— Ne vous en faites pas, je trouverai. »

La femme lui adressa un sourire gracieux empreint d'une légère condescendance, avant de s'engager dans le couloir.

Arrivée devant le seuil de la chambre, elle tapa discrètement à la porte du dos de l'index.

« Qu'est-ce qu'il y a ? demanda Camille.

— C'est Raphaëlle. Vous vouliez me voir ?

— Oh ! bien sûr ! Entre ! Dépêche-toi ! » lança la jeune femme d'un ton exalté.

Raphaëlle, un peu étonnée par cet accueil, poussa la porte et demeura dans le chambranle, l'air vaguement interrogateur. Camille était assise sur le lit, les genoux repliés entre ses bras, les joues rosies par la chaleur du vin.

« Est-ce que tu fais des études de nu ? demanda-t-elle, la tête penchée sur le côté.

— Ça m'arrive.

— Avec des modèles vivants ?

– Evidemment, je ne peins pas les cadavres ! essaya de plaisanter son amie, déroutée par cette question qu'elle jugeait pour le moins insolite.
– Et moi, tu crois que je ferais un modèle valable ?
– C'est ce que tu voulais me demander ?
– Non, je voulais te demander en mariage (elle éclata de rire). Je plaisante ! J'adorerais que tu me peignes façon Mata Hari.
– Tu es saoule, murmura Raphaëlle en souriant. Essaie de dormir.
– Je ne suis pas saoule. J'ai la chance d'avoir en face de moi une artiste reconnue et je veux qu'elle fasse un portrait de moi dans tout l'éclat de ma jeunesse (elle se laissa tomber en arrière). Je veux être éterneeeelle ! » s'exclama-t-elle, renversée sur le lit.

Elle éclata d'un rire vulgaire, tendit ses bras derrière elle et se cambra, la tête enfoncée dans l'oreiller et les genoux fléchis.

« Que penses-tu de cette pose ? demanda-t-elle.

– Je pense que tu devrais arrêter de t'agiter et dormir, sinon tu vas être malade.

Camille soupira et laissa son dos retomber contre le matelas.

– Je ne suis pas assez belle pour être le sujet d'une de tes toiles, c'est ça ?
– Ne dis pas de sottises. Tu es ravissante et ton tatouage fait de toi un modèle unique. Je ferai volontiers un portrait de toi, si tu le veux toujours, quand tu seras dans ton état normal.
– Je ne suis pas saoule, répliqua Camille avec obstination.
– Dors », fit Raphaëlle en refermant la porte derrière elle.

32

Les matinées suivantes, Camille les passa dans l'atelier de Raphaëlle, un loft immense, rempli de toiles, de chevalets et de trépieds recouverts de tentures de différentes couleurs unies, de différentes qualités de tissus. Du satin blanc, du velours rouge et chaud, de la soie bleu nuit, du lin beige, de la crêpe noire, des draps en coton souple de chaque teinte de l'arc-en-ciel, des demi-teintes, du délavé, du pastel et du scintillant. Au centre de la pièce, posé à même les lames du parquet, un grand lit blanc et nu, simple banquette dépliée, convertible utilisable, selon les exigences de l'art, en siège ou en matelas. Dans un coin de l'atelier, Camille remarqua un petit réfrigérateur cubique, un lavabo et une planche fixée au mur sur laquelle trônait un four à micro-ondes. Sous la fenêtre à double vitrage, traitée anti-réverbération, restait un simple tabouret réglable en hauteur et une toile inachevée représentant deux amoureux des villes à la Doisneau dans un décor urbain encore flou. Un meuble à tiroir, une table de camping stabilisée par deux tréteaux, étaient calés contre le mur du fond.

Raphaëlle choisit d'étendre sur le lit un drap de coton blanc éclatant, symbole de pureté. Elle le froissa du bout des doigts pour lui donner du relief et fit s'étendre Camille sur le dos, la tête tournée sur le côté, le visage et la nuque dégagés, la main droite sur le ventre, le poignet légèrement arrondi, les jambes pliées, l'une un peu plus basse que l'autre. Raphaëlle corrigeait sans cesse la position de la jeune femme, lui relevait le menton, touchait ses épaules, rangeait une mèche de cheveux derrière son oreille, posait sa main sur une de ses cuisses pour l'abaisser, puis sous l'autre pour la remonter. Elle avait l'air concentré et sérieux d'un scientifique préparant un rat de laboratoire avant une expérience. Elle déplaça une dernière fois le coude droit de Camille, de manière à laisser deviner le démarrage du tatouage, puis alla fouiller dans un des tiroirs du petit meuble. Elle revint avec un coffret métallique entre les mains, d'où elle sortit plusieurs motifs de pendentifs. Elle posa sur la poitrine de son modèle une croix en étain, puis un cheval en argent, un jaguar en ébène, une dent de requin, une goutte d'ambre jaune, un collier jamaïcain en perles de bois exotique, avant d'opter pour une médaille de rituel alchimiste en métal anglais, sur laquelle était gravé un dragon crachant les flammes.

33

Afin de s'aménager des plages horaires de travail plus longues et plus constructives, l'artiste invita son modèle à venir également poser le dimanche après-midi, en fonction de son emploi du temps. La chaleur aidant, il arrivait à Camille de s'endormir durant les séances de pose. Raphaëlle abandonnait alors ses outils, retirait sa blouse de travail et s'allongeait à ses côtés. Les deux femmes faisaient ainsi une sieste de plusieurs heures.

Au mois de juillet, elles prirent l'habitude d'aller prendre un bain à la plage après être restées enfermées dans le loft la quasi totalité de l'après-midi. Ludovic les accompagnait parfois, lorsque sa femme le lui proposait. Camille était toujours surprise, lorsqu'elle les voyait ensemble, de leur réelle complicité, qui avait survécu à douze années de mariage. Elle les regardait souvent nager côte à côte jusqu'à la ligne des bouées de sécurité et disparaître sous les vagues pour en ressortir quelques secondes plus tard amoureusement enlacés. Il lui arrivait même de les entendre rire alors qu'elle nageait à une bonne vingtaine de mètres d'eux. Au bord de l'eau, ils se poursuivaient dans l'écume comme des gamins et Camille, souvent mêlée à leurs jeux, avait bu la tasse plus d'une fois. Etourdie par leur vivacité, elle sortait de l'eau hors d'haleine et se laissait tomber sur le matelas sans avoir eu le courage d'égoutter ses cheveux ou de s'essuyer le dos. Raphaëlle ne manquait jamais, lorsqu'elle passait à côté d'elle, de s'amuser à secouer ses cheveux trempés au-dessus de son ventre. Camille poussait invariablement un cri de surprise et d'indignation, aussitôt ponctué par le rire de son amie.

« Pourquoi ne demandes-tu pas à Gilles de venir nous rejoindre, de temps en temps ? lui demanda un jour Raphaëlle.

- Il n'aime pas la plage. Et puis nous nous disputons sans arrêt, ces derniers temps.
- A propos de quoi ?
- A propos de tout. Hier soir, il m'a fait une scène parce qu'il avait acheté des billets pour un concert de jazz en plein air.
- Et alors ?
- Alors j'ai refusé d'y aller parce que c'était aujourd'hui. Il savait parfaitement que je devais passer ce dimanche avec toi.
- Pourquoi n'as-tu pas accepté ? Il t'aurait suffi de m'appeler pour décommander, c'est idiot de vous priver d'une sortie pour ça.
- J'ai refusé parce qu'il l'a fait exprès. Il aurait pu prévoir une activité n'importe quel jour du mois ou de la semaine et me prévenir à l'avance, mais il a fallu qu'il choisisse précisément aujourd'hui et qu'il me le dise au dernier moment, comme par hasard.

Raphaëlle haussa les épaules et remonta ses lunettes noires sur son nez.

- Tu te fais des films. Il a envie de passer un peu de temps avec toi, c'est plutôt sympathique.
- Je trouve que je le vois suffisamment : au coucher, au réveil et même dans mes cauchemars !

Raphaëlle se mit à rire :

- Ton couple est en pleine crise, on dirait. »

Camille haussa les épaules à son tour et présenta son dos au soleil.

34

Le dix-huit du mois, Cléa et Mahdi furent parents d'un petit « Maxime » de trois kilos huit. Camille put le voir le matin même de sa naissance, avant de se rendre au restaurant pour prendre son service. Elle trouva sa sœur épuisée mais ravie et lui promit de revenir avec Gilles le week-end suivant.

Gilles accompagna son amie à contrecœur, mais il ne put s'empêcher d'être ému par la vue et le toucher de cet homme miniature aux yeux déjà si extraordinairement bleus et ouverts sur le monde qui l'entourait. Lorsqu'il le vit dans les bras de Camille, il réalisa à quel point il était important pour lui de devenir père, à quel point il désirait que la mère de son enfant soit Camille. Alors il la serra doucement contre lui, regardant le visage de l'enfant par-dessus son épaule, et l'embrassa délicatement dans le cou. La jeune femme frissonna, un peu étonnée, et le nouveau-né, sensible au moindre changement d'atmosphère, se mit à pleurer avec une sauvagerie digne des plus impitoyables prédateurs. Cléa tendit instinctivement les bras et Camille reposa Maxime sur le sein maternel. L'enfant se calma aussitôt. Mahdi, à contre-jour devant la fenêtre de la chambre, avait observé la scène d'un air halluciné, comme si cet enfant n'était le sien que dans une dimension parallèle à laquelle il n'avait pas accès.

« Il est complètement perdu, commenta Cléa en regardant son mari avec un sourire indulgent. Il lui faut un peu de temps pour s'habituer à l'idée d'être papa.

— Je crois que moi, je m'y habituerais très vite », murmura Gilles dans l'oreille de Camille.

35

« Tu permets que je me déshabille ? demanda Raphaëlle. Il fait une chaleur torride, aujourd'hui. C'est réellement intolérable.

Camille sourit et hocha la tête avec indifférence.

Son amie retira son tricot, son pantalon de parachutiste acheté dans un bazar de l'armée, et dégrafa son soutien-gorge. Elle ne garda sur elle qu'un slip de coton blanc sans dentelles, sans détails, simple et immaculé. Camille ne se souvenait pas avoir jamais prêté attention à sa lingerie auparavant, mais elle n'imaginait pas Raphaëlle autrement que dans des pièces sophistiquées noires ou rouges, aux teintes plus chaudes, plus sensuelles, plus sanguines que cette petite culotte de coton blanc. Elle le lui fit remarquer.

« Je mets aussi pas mal de bleu, dit Raphaëlle. Ludovic adore ça. Il dit que ça fait ressortir la couleur de mes yeux, ajouta-t-elle non sans coquetterie. Seulement, quand personne ne me voit (elle lui sourit) – à part toi, évidemment – je préfère être bien dans mes vêtements que de transpirer par snobisme dans de la soie ou des frous-frous qui me démangent affreusement.
Elle tira négligemment sur l'élastique de sa culotte et le fit claquer contre son ventre :
Je ne connais rien de plus confortable que le coton.

— Viens, dit Camille en lui tendant la main. Je meurs de sommeil. »

109

36

« Je trouve ça obscène, fit Gilles en haussant les épaules.

— Je trouve ça très érotique, le contredit Camille.

Ludovic sourit paisiblement :

— La pose est osée mais l'angle de vue respecte la pudeur du modèle. Il y a une candeur dans les traits du visage, une douceur dans l'alternance des ombres et des lumières qui impriment à la chair une réelle sensibilité. Je trouve l'ensemble très touchant.

— Je t'interdis de l'exposer, en tout cas ! jappa Gilles en direction de Raphaëlle.

— Je n'avais pas l'intention de l'exposer, répondit-elle sans lever les yeux. Camille et toi n'avez qu'à le garder, si vous le souhaitez, je vous l'offre.

— Que veux-tu que j'en fasse ? Que je l'accroche dans mon salon pour que nos visiteurs puissent le voir ? *Tiens, ta femme à poil sur un mur, quelle originalité ! Et qui a peint cette merveille? Sa petite amie ? Passionnant ! Raconte-nous ça.*

— Je ne suis pas ta femme puisque, dois-je te le rappeler, nous ne sommes pas mariés, répliqua Camille d'un ton glacial. Quant à Raphaëlle, elle n'est pas *ma* petite amie, comme tu dis. Au cas où tu aurais également oublié ce détail, Ludovic et elle sont nos amis à tous les deux.

— Des amis ramassés dans un bordel !? s'emporta Gilles. J'espère que tu te rends compte de l'énormité de ton discours !

– Gilles, tu exagères, intervint Raphaëlle. Ce tableau n'est tout de même pas une affaire d'état. Je le conserverai dans ma collection personnelle à l'abri des regards, puisque tu n'en veux pas. Il est inutile de se fâcher pour si peu.

– Je te fais confiance, tu veilleras sur lui jalousement », ricana le jeune homme.

Raphaëlle fouillait nerveusement dans son sac à la recherche d'une cigarette. Ludovic comprit qu'elle essayait de dissimuler le tremblement de ses mains et qu'elle n'allait pas tarder à perdre son sang froid.

« Je le jetterai à la décharge, s'il n'y a que ça pour te satisfaire. Et si cela ne te suffit pas, je le brûlerai dans le jardin avec le tas de mauvaises herbes, mais au nom du Ciel, arrêtons de parler de cette croûte, parce que je vais finir par devenir folle ! »

L'artiste avait beau essayer de contenir sa rage sous le vernis de la mondanité, ses doigts et ses lèvres tremblaient si fort qu'elle ne parvenait pas à aligner la flamme du briquet sur l'embout de sa cigarette. Son mari lui enleva le briquet des mains, immobilisa un instant la cigarette entre le pouce et l'index et la lui alluma.

« Merci », fit Raphaëlle en inhalant la fumée.

Il y eut un court silence.

« Ton comportement est infantile, grossier et blessant », murmura Camille à l'adresse de Gilles.

Ce dernier poussa un grognement d'animal furieux et se leva brusquement.

« Où vas-tu ? demanda-t-elle.

– Je te laisse avec *tes amis*.

– Oh ! Je t'en prie, ne fais pas ta mauvaise tête...

– Tu es sûr de ne pas vouloir rester ? s'enquit Ludovic. Je te sers un autre verre.

– Non, fit Gilles avec raideur. La tolérance a des limites et elles viennent d'être très largement franchies.

Il se tourna vers Camille, qu'il détailla des pieds à la tête comme s'il la voyait pour la première fois :

Ton désir d'exhibitionnisme te pousse à saccager notre vie privée. Tu es incapable de prendre la mesure de tes actes, rien n'a de valeur à tes yeux, tu ignores la décence, tu n'as aucun sens de la morale, aucun respect pour les sentiments des autres...

    – Tu ne devrais pas t'avancer sur ce terrain, répliqua sèchement Camille.

    – Nous en reparlerons quand tu auras grandi et assouvi tes fantasmes d'adolescente égoïste et sans cervelle.

    – Tu allais partir, je crois ? Parce que je ne voudrais surtout pas te retenir, lui dit-elle d'un ton froid.

    – Tiens donc ! Mais tu me mets à la porte ? Heureux de voir que tu te sens ici chez toi », rétorqua Gilles.

Ludovic se leva :

« Allons, les enfants, calmez-vous. Si vous ne pouvez pas rester dans la même pièce sans vous jeter des mots à la tête, il vaudrait mieux qu'un de vous deux s'en aille, en effet, avant que ne soient prononcées des paroles que vous regretterez l'un comme l'autre. Vous reprendrez cette discussion un peu plus tard, quand vous aurez recouvré vos esprits. »

Gilles le toisa avec mépris et tourna les talons. La porte claqua bruyamment derrière lui.

« Est-ce que je peux dormir ici ? demanda Camille quand il fut parti.

    – Evidemment, soupira Raphaëlle. Je vais te préparer la chambre d'amis.

    – Es-tu sûre que tu ne préféreras pas rentrer chez toi ? s'enquit Ludovic auprès de la jeune femme. Tu es encore sous le coup de l'émotion mais d'ici quelques heures, je suis certain qu'il se sera calmé et que vous pourrez vous réconcilier.

    – Je ne veux pas rentrer. Pas ce soir, fit-elle d'un air buté.

    – Vous êtes deux beaux emmerdeurs », lança Raphaëlle en se levant.

Camille en fut choquée, parce qu'elle n'avait jamais entendu son amie proférer la moindre grossièreté jusqu'à présent. Elle resta sans voix, tandis que la maîtresse de maison disparaissait dans la chambre d'amis pour préparer son lit.

« Qui ça *vous* ? » demanda Ludovic alors que sa femme avait déjà quitté la pièce.

37

Raphaëlle, dos au lit, se brossait les cheveux devant le miroir de sa coiffeuse. Elle examina son visage, posa la brosse sur la commode et redessina ses sourcils à l'aide d'une pince à épiler. Enfin, elle se redressa. Ludovic, déjà couché, regarda son épouse détacher la ceinture de son peignoir en soie et attendit de voir le vêtement glisser le long de ses épaules pour émettre un sifflement admiratif. Raphaëlle sourit sans se retourner. Elle enfila une longue veste de pyjama bleu ciel et vint se glisser dans le lit aux côtés de son mari.

« J'espère qu'ils vont se réconcilier, fit Ludovic d'un ton léger.

— Je l'espère aussi, soupira Raphaëlle en éteignant la lampe. Ça m'ennuierait beaucoup d'être à l'origine d'une séparation.

Elle poussa un petit cri, suivi d'un bref éclat de rire :

Qu'est-ce que tu fais ? demanda-t-elle, amusée.

— Je t'aime, pourquoi ?

Elle rit à nouveau et poussa un autre cri de surprise.

Chut ! souffla Ludovic dans son oreille. Notre invitée va nous prendre pour des fous furieux.

— Tu *es* un fou furieux ! s'exclama Raphaëlle, le rire au bord des larmes.

— Arrête, enfin, elle va nous entendre.

Il lui mordit l'oreille et le cou et elle rit de plus belle.

Tu es vraiment intenable, se moqua-t-il. Un peu de contenance, que diable ! »

113

Il chatouilla son corps du bout des doigts et elle poussa un gloussement étranglé.

Camille, dans la pièce voisine, n'arrivait pas à s'endormir.

38

Le lendemain matin, Raphaëlle prêta à Camille quelques vêtements propres, une brosse à dents neuve et l'invita à se servir dans sa trousse à maquillage, bien qu'elle ne fut guère très garnie. Camille avait remarqué que son amie se maquillait très peu, se passait sur les joues un rapide coup de blush et sur la bouche une fine pellicule de brillant à lèvres.
« Tu ne te maquilles jamais les yeux ? lui demanda t-elle devant le miroir de la salle de bain.

– Rarement, pourquoi ? Tu penses que je devrais ?
Leurs regards se croisèrent dans la glace.

– Surtout pas. Qu'est-ce que j'aimerais avoir des yeux comme les tiens ! Ils sont magnifiques.

– Sais-tu ce que dit Ludovic à ton sujet ?

– Quoi donc ?

– Que tu as un cul à tomber par terre.
Camille écarquilla les yeux :

– Quoi ?

– Je suis de son avis.

– Qu'est-ce qu'il te prend ?

– Arrête de regarder ce qu'ont les autres. Regarde plutôt ce que tu as toi.

– Je voulais seulement te faire un compliment.

– Le compliment est enregistré. Mais ne gaspille pas un temps précieux à te chercher des imperfections ou à te comparer aux autres. C'est un conseil en or que je te donne, crois-moi.

115

Camille sourit gentiment.

- Le conseil est enregistré.
- J'espère bien.
- Qu'est-ce que tu penses de Gilles ?

Raphaëlle se retourna et appuya ses reins contre le lavabo.

- A quel niveau ?
- A tous les niveaux.
- Eh bien, sur un plan personnel, je ne le connais pas assez pour avoir un avis objectif.
- Donne-moi un avis subjectif, alors.

Raphaëlle fit un signe de dénégation :

- Je n'ai aucun avis sur la question.
- Allez ! tu t'es forcément fait une idée de lui...
- En admettant que ce soit le cas, je ne te la ferai pas partager.
- Pourquoi ça ?
- Quoi que je puisse te dire, tu l'utiliseras pour nourrir ta rancœur à son égard.
- Est-ce que c'est l'idée que tu te fais de moi ?
- Non, Camille, c'est l'expérience que j'ai de toutes les situations du même genre. Si je te dis que je le trouve sympathique, tu vas m'accuser d'être de son côté. Et si je te dis que je le trouve désagréable, tu vas embrayer sur une liste de ses défauts longue comme le bras.
- Si tu le dis... Je n'ai pas trouvé d'eye-liner dans ta trousse à maquillage. C'est que tu n'en as pas, je suppose ?

Raphaëlle farfouilla dans les tiroirs de la commode :

- Si, puisque je t'ai dit qu'il m'arrivait quelquefois de me maquiller les yeux. Tiens. Brun pailleté, ça te va ?
- Merci.

Camille prit le crayon que Raphaëlle lui tendait et souligna d'un trait rapide l'ourlet de ses paupières.

- Et physiquement, comment le trouves-tu ? demanda-t-elle en vérifiant son maquillage dans la glace.
- Je dirais qu'il est plutôt bel homme. Pas assez velu à mon goût (Raphaëlle sourit pour elle-même) – question

d'habitude, j'imagine. A part ça, c'est un bon amant, bien qu'un peu pressé au démarrage.

– Ah ! Tu l'as remarqué, toi aussi ? Il n'a jamais été très... caressant. Il est toujours pressé de faire l'amour. Il ne m'a jamais brusquée, mais... Comment t'expliquer ? Il a l'air de considérer que j'ai obligatoirement envie de lui au moment où lui a envie de moi, tu vois ce que je veux dire ?

– Je vois très bien, mais tu n'as aucune raison de t'en faire. C'est souvent une question d'âge. Avec le temps, il apprendra à se montrer plus prévenant.

Camille souffla bruyamment.

– De toute façon, je ne vois pas pourquoi je te parle de lui, maintenant que nous avons rompu...

– Vous êtes fâchés depuis moins de vingt-quatre heures, attends encore un peu avant de parler de rupture.

Camille tourna à son tour le dos au miroir, pour se retrouver épaule contre épaule avec sa nouvelle amie :

– Combien de temps est-ce que je peux rester ici ?

– Aussi longtemps que tu veux.

– Je voulais dire *sans vous déranger*.

– Je te le répète : aussi longtemps que tu veux.

– Tu crois que Ludovic serait d'accord ?

– J'en suis certaine.

– Vous êtes les...

Camille laissa sa phrase en suspens.

– Oui ? l'encouragea Raphaëlle.

– J'allais dire une bêtise.

– Eh bien, dis-la.

– Le terme est sans doute exagéré, parce que nous nous connaissons depuis trop peu de temps, mais vous êtes les premiers amis que j'ai dans cette ville depuis presque deux ans.

– Je ne crois pas que le terme d'amis soit exagéré. L'amitié est une question de feeling, pas de temps.

Camille arbora un sourire à la fois confus et reconnaissant :

– Merci de m'avoir ouvert votre porte.

–   Il n'y a vraiment pas de quoi. Entre amis, c'est naturel, tu
    ne penses pas ?
–   Si. Si mais merci quand même. »

39

« Ah ! Tu ne dors pas ?

Camille posa sur les draps le livre qu'elle avait entre les mains :

- Excuse-moi, je me suis permise d'emprunter un bouquin dans ta bibliothèque.
- Tu as bien fait.
- La lumière vous dérange ? demanda la jeune femme, gênée de voir son amie rester debout face à elle.
- Pas le moins du monde, nous ne dormions pas. En fait, nous discutions. Tu ne veux pas te joindre à nous ?

Camille sourit aimablement.

- Non, je te remercie, ça va aller. Ludovic doit t'attendre.
- Il nous attend toutes les deux. Je lui ai promis de te ramener avec moi. Voilà trop longtemps que tu te morfonds tous les soirs dans ton coin. Ce n'est bon ni pour le cœur, ni pour le corps, ni pour l'esprit. Allez, suis-moi, tu as besoin de te détendre.
- Ne t'inquiète pas, je ne vais pas tarder à éteindre, risqua Camille avec un sourire timide.
- Oh ! Debout là-dedans ! s'exclama Raphaëlle en levant les yeux au ciel. Tu ne vas tout de même pas te transformer en nonne sous prétexte que Gilles n'est pas là. »

Elle se pencha vers elle avec autorité, l'attrapa par les avant-bras et la tira hors du lit. Camille, prise au dépourvu, se sentit incapable d'opposer la moindre résistance. Ludovic parodia une large révérence lorsqu'elle entra dans la chambre au bras de Raphaëlle. Sa femme lui sourit tendrement, Camille hésita, vacilla, effarouchée, comme si elle avait bu trop d'alcool. Ludovic l'embrassa dans le cou, passa ses mains sur sa taille et souleva son t-shirt. Elle se laissa dépouiller, étendre sur le lit.

« Tu préfères qu'on éteigne ? » demanda Raphaëlle.

La lumière douce de l'abat-jour disparut, un rire androgyne tinta un court instant à ses oreilles, des caresses amicales, le lit qui s'alourdit dans un grincement discret. La pointe de seins qui s'appuie sur son ventre, des mains calleuses, des lèvres douces, épaisses sur les siennes, une haleine acide et mentholée, de la peau, des odeurs, des moiteurs, la pénombre, la peur, les murmures, des souvenirs brouillés. Elle empoigne une tête au hasard, les cheveux sont doux sous ses doigts, elle les tord, les maltraite, elle cherche la bouche, la goûte, la mange, avale son parfum de tabac froid, se râpe la langue sur les canines, les incisives, sent son corps brutalement déchiré, dessous, dessus, dedans, et pousse un hurlement intérieur de triomphe.

<h1 style="text-align:center">40</h1>

Camille ouvrit des yeux brûlants et poussa une plainte assourdie lorsqu'elle essaya de se redresser dans le lit. Le matelas s'enfonçait sous elle. Elle avait la nuque endolorie, les membres courbatus et les paupières aussi douloureuses que si elles avaient été frottées au papier de verre. Raphaëlle était assise à côté d'elle, couverte jusqu'à mi-cuisse, blanche et lisse à la lumière de l'aube.

« Il est déjà parti ?

— Bien sûr qu'il est déjà parti, il est plus de huit heures, dit-elle en tendant le bras par dessus la tête de la jeune femme afin d'attraper une cigarette sur la table de nuit. Tu as bien dormi ?

— Très bien, je te remercie.

— Cesse de me remercier à tout propos. Tu es trop polie. »
Raphaëlle lui avait parlé un peu sèchement, mais avec le sourire. Camille lui trouvait l'air fatigué, presque préoccupé, la tête de ses mauvais jours, sans-doute.
« Tu fumes trop, ce n'est pas bon quand on a la migraine.

— Qu'est-ce qui te fait dire que j'ai la migraine ? l'interrogea Raphaëlle avec un étonnement sincère.

— Tu as des cernes sous les yeux.

— As-tu d'autres délicieuses observations à faire sur mon physique, ce matin ?

— Ne le prends pas mal.

— Je ne le prends pas mal. Mais avoir les yeux cernés ne signifie pas forcément avoir la migraine.

— Je sais.

Raphaëlle la considéra un instant sans ciller et se mit à rire :

- "Au secours, j'ai besoin d'amour", hein ? Tu n'es qu'un bébé, dit-elle en lui ébouriffant les cheveux de sa main libre. Parle-moi de ta mère.
- Parle-moi de ton mari, demanda Camille en se redressant sur un coude.
- Quoi ?
- Tu te moques toujours de moi mais, franchement, je ne trouve pas que Ludo et toi ayez des rapports de couple très orthodoxes. Est-ce que tu l'aimes ?
- Seigneur ! Je suis folle amoureuse de lui depuis le premier jour où je l'ai vu, il y a quinze ans de ça, répondit-elle en souriant. Tu veux savoir autre chose ?
- Pourtant vous vous ennuyez, puisque vous éprouvez le besoin de... disons "pimenter" votre vie sexuelle.
- C'est justement pour ne pas nous ennuyer ensemble que nous le faisons. Ça va peut-être te surprendre, mais je prends toujours beaucoup de plaisir à faire l'amour avec lui ; cela n'a rien d'une simple obligation conjugale.

Elle alluma sa cigarette et en tira une bouffée.

As-tu eu des nouvelles de Gilles ?

- Non, répondit Camille en détournant le regard.
- Tu devrais l'appeler. Vous n'allez pas rester fâchés pour trois malheureux coups de pinceau.
- Je le trouve très réussi, ce portrait.
- Les goûts et les couleurs... Là n'est pas la question, de toute façon. Pense à l'appeler d'ici ce soir, ne serait-ce que pour t'assurer qu'il va bien.
- Je suis persuadée qu'il va très bien.

Raphaëlle leva sa cigarette dans un mouvement agacé du poignet.

- Ne sois pas si têtue. Si aucun de vous deux ne se décide à faire le premier pas, vous n'arriverez jamais à rien. Il faut savoir mettre de l'eau dans son vin, quand on tient à son couple.
- Tu as souvent mis de l'eau dans ton vin, avec Ludovic ?
- Évidemment, fit-elle avec une grimace de mépris. Tu crois qu'on ne se dispute jamais ?

— Je ne vous ai jamais vu vous disputer.

— On appelle ça l'éducation, ma chère. Pas de chamaillerie en public. C'est une coquetterie qui te viendra avec l'âge.

Elle inspira une nouvelle bouffée de fumée.

N'oublie pas d'appeler Gilles. Et passe-lui le bonjour de notre part, à Ludovic et moi. »

41

Raphaëlle, debout devant l'évier, pelait et épépinait des tomates qu'elle mélangeait au fur et à mesure à un mélange d'aubergines en purée, de viande rissolée et d'oignon frais. Une gousse d'ail, trois brins de persil et quelques piments doux avaient été provisoirement délaissés sur un coté du plan de travail.

« Si je comprends bien, nous mangeons méridional, ce soir, fit Camille en s'asseyant, les coudes posés sur la table de la cuisine.

–   Grecque, rectifia son ami. Je fais une moussaka pour Ludovic (elle prit un brin de persil et commença à l'émincer). As-tu appelé Gilles ?

–   Ne me gronde pas, fit Camille d'une voix de petite fille. Je n'en ai pas eu le courage.

–   Je ne suis pas ta mère, rétorqua vertement Raphaëlle. Tu es assez grande pour savoir ce que tu as à faire, je n'ai pas à te gronder.

–   Alors pourquoi te fâches-tu ?

–   Je ne me fâche pas. Je t'ai donné un conseil, tu en fais ce que bon te semble. Je veux simplement qu'il soit bien clair que personne ne te force la main. Surtout pas moi.

Camille fit la moue.

Est-ce qu'il t'a déjà frappée ? demanda Raphaëlle.

–   Gilles ?

–   Qui d'autre ? Pas Ludovic, répliqua t-elle avec une légère impatience.

–   Pas que je me souvienne.

Raphaëlle se retourna et la dévisagea avec surprise.

    – Pas que tu te souviennes ?

    – Non, je ne crois pas. J'en suis certaine, même. D'ailleurs, s'il le faisait, je le quitterais sur-le-champ.

    – Tu l'as déjà quitté, lui fit observer Raphaëlle.

    – Je voulais dire que s'il l'avait fait, je l'aurais quitté avant.

    – Mais il ne l'a jamais fait ?

    – Non, il n'a jamais levé la main sur moi. Il a quelquefois menacé de le faire, mais il ne l'a jamais fait.

    – Et tu as décidé de le quitter malgré tout.

    – Tu crois que se faire battre constitue la seule raison valable pour une femme de quitter son homme ? lança Camille avec une agressivité non maîtrisée.

    – Il est évident que non, répondit Raphaëlle. Mais j'aimerais bien connaître la raison pour laquelle tu as l'air tellement décidé à ne plus revoir Gilles. Tu ne peux pas me reprocher de chercher à comprendre, c'est humain.

    – Tu estimes peut-être que je te dois des comptes sur ma vie privée parce que tu m'héberges ?

    – Restons-en là. Je n'avais pas l'intention de m'immiscer dans ta vie privée, je suis désolée de t'avoir donné cette impression. Je te sers une bière ? demanda-t-elle en désignant le réfrigérateur.

    – Non, merci. Oh ! Raphaëlle, geignit Camille d'un air navré, excuse-moi de m'être emportée, mais je ne sais plus où j'en suis. La situation est tellement nouvelle, pour moi. Gilles m'a quittée il y a quinze jours à peine et je suis là, à partager l'intimité d'un couple que je ne connaissais pas il y a trois mois de ça. »

Raphaëlle s'assit, renonçant à l'épluchage de ses légumes. Elle ne reprit pas Camille sur le fait que c'était elle qui avait quitté Gilles et non le contraire : si cette version des faits l'aidait momentanément à conserver son équilibre, alors pourquoi pas.

« Je ne l'ai jamais trompé, reprit Camille.

    – Tant mieux pour toi. »

Camille la dévisagea avec étonnement. Raphaëlle avait parlé d'une voix neutre, sans accent d'ironie ou de doute. Or, elle aurait pu, elle aurait *dû* lui remémorer la soirée au *Marquis* et tout ce qu'il était advenu depuis.

« As-tu déjà trompé Ludovic ? demanda Camille.

— Nous sommes échangistes, lâcha laconiquement son amie, comme elle aurait dit « *nous sommes catholiques* » ou « *nous sommes bouddhistes* ».

— Je sais. Mais je voulais parler d'une liaison secrète, d'une aventure extra-conjugale que tu lui aurais caché.

— Je te le répète, nous sommes échangistes, alors pourquoi se compliquer la vie avec ce genre de secrets ?

— Je ne sais pas. Il me semble que ce sont des choses qui arrivent dans tous les milieux.

— C'est possible.

— Est-ce de cette manière-là que vous vous êtes rencontrés ? Dans un club ?

— Non, j'ai rencontré mon mari dans un hall de gare. Il était buraliste à la boutique de la gare et je lui ai acheté des cigarettes. J'ai pris mon train pour Courchevel, où je suis restée une semaine à dévaler les pistes de ski en pensant nuit et jour au beau jeune homme de la boutique, au retour je lui ai racheté un paquet de cigarettes et il m'a invitée à prendre un verre.

— Gilles et moi nous sommes connus dans un pub de la rue Dante, amorça Camille avec un sourire nostalgique. J'étais tranquillement assise au fond de la salle, en train d'écouter la musique, quand il est entré avec un air de fou furieux en demandant quel était le *pauvre con* qui avait bloqué sa moto avec sa s*aloperie de break vert*.

Camille s'arrêta une ou deux secondes.

Ma sœur a un break vert, reprit-elle. Je le lui avais emprunté pour la soirée. Je suis sortie pour le déplacer et c'est là que j'ai vu qu'en essayant de décoincer sa moto, Gilles avait rayé la portière avant droite sur toute sa longueur. On s'est engueulés comme du poisson pourri. Il me disait qu'il fallait vraiment être conne pour garer sa voiture sur le trottoir comme je l'avais fait et moi je lui disais qu'il fallait être le dernier des idiots pour essayer de forcer un passage de trente centimètres de large avec une moto qui devait bien faire le triple. »

Camille continua le récit de leur première rencontre durant une bonne dizaine de minutes. Ils s'étaient quittés sur une dernière insulte, elle avait claqué la portière de son véhicule avec rage, il avait fait démarrer sa moto dans un bruit de moteur effroyable et en se séparant, chacun d'entre eux espérait bien ne jamais revoir un personnage aussi odieux. Et puis ils s'étaient à nouveau rencontrés dans un supermarché, où ils faisaient la queue à la même caisse. Et encore une autre fois, dans un parc où Camille flânait en compagnie de sa sœur et de son beau-frère. Gilles remontait l'allée en sens inverse et arrivait à leur rencontre :

« Si ça continue, je vais me sentir obligé de vous inviter à dîner », avait-il dit en croisant la jeune femme avec un sourire galant.

Et il l'avait fait. Pour se faire pardonner d'avoir écaillé la peinture de la voiture : « un bon restaurant contre une rayure sur la carrosserie, j'espère que le marché vous paraît honnête. »

Une rayure sur la carrosserie contre deux années entières de bonheur. Oui, le marché lui paraissait plus qu'honnête, aujourd'hui.

42

A plat ventre sur le drap, Camille somnolait, abrutie par la température infernale qui régnait dans la pièce. Raphaëlle, les cheveux remontés sur le crâne en un chignon mal fait, avait posé sur son front un gant d'eau de toilette aux extraits de genévrier, pour essayer de se rafraîchir. Son tricot de corps lui collait à la peau. Camille, qui avait passé une partie de la matinée à se faire bronzer dans une des chaises longues du jardin, était restée en maillot de bain.

« Rapha....

— Hm ?

— Quel âge as-tu ?

— Trente-cinq ans.

— Tu n'as jamais eu envie d'avoir d'enfant, avec Ludovic ?

— Nous avons une fille de neuf ans.

Camille releva légèrement le menton :

— Où est-elle ?

— A la clinique.

— Qu'est-ce qu'elle a ?

— Leucémie.

— Je suis désolée...

— Elle n'est pas encore morte.

— Je sais. Je voulais juste dire que ce devait être terriblement angoissant d'avoir une enfant malade. Pourquoi ne m'en as-tu pas parlé avant ?

— Ça n'avait rien à faire dans nos conversations.

– Comment s'appelle-t-elle ?

– Roxane.

– C'est un joli prénom.

Elle fit une courte pause.

Elle est très malade ?

– Autant que peut l'être une gosse de neuf ans atteinte d'un cancer.

– Vous allez souvent la voir ?

– Tous les jours. J'y vais quelquefois avec Ludovic, quelquefois sans lui. Et lui y va quelquefois sans moi.

– Quand lui as-tu rendu visite pour la dernière fois ?

– Hier.

– Tu attends que je ne sois pas là pour aller à la clinique ?

– Je *n'attends* pas que tu sois sortie pour y aller, mais j'y vais généralement quand tu es au restaurant, oui.

– La chambre que j'occupe, est-ce que c'est la sienne ?

– Non.

– C'est la pièce d'à côté, alors, celle qui est fermée à clefs ?

– Oui. »

Raphaëlle se redressa pour ouvrir le tiroir de la table de chevet. Le gant de toilette tomba sur ses genoux.

« Qu'est-ce que tu cherches ?

– Mes clopes. »

Ses doigts se refermèrent sur l'emballage estampillé Marlboro. Elle en extirpa une cigarette, puis sa main repartit au fond du tiroir pour en sortir un briquet à essence.

« Je n'en savais rien, dit Camille. Je suis vraiment, vraiment désolée.

– Ne sois pas désolée. Ma fille est en vie, elle ne manque ni de soins, ni d'amour et je peux profiter de sa présence presque aussi souvent que je le souhaite.

– Mais vous ne pouvez vous voir que dans une chambre d'hôpital...

– Il y a des choses pires que ça.

– Comme le viol et le meurtre ?

Raphaëlle eut un sourire imperceptible et alluma sa cigarette.

– C'est à peu près ce que je voulais dire, oui (elle inspira une bouffée de fumée). Tu as de drôles d'idées, parfois.

– Tu trouves ?

– Tu es indiscrète et irrespectueuse, mais je suppose que ça fait partie de ton charme.

Camille se troubla.

– Excuse-moi si j'ai dit quelque chose de blessant. Je ne cherchais pas à te contrarier.

– Je le sais. Dans ton cas, la naïveté est une qualité.

– Est-ce que tu as déjà fait un portrait de ta fille ?

– Oui, il y a deux ou trois ans.

– Tu peux me le montrer ?

– Je ne sais plus où il est.

– Tu as des photos d'elle, j'imagine.

– Dans de vieux albums pleins de poussière, que je ne tiens pas spécialement à ressortir.

– Tant pis. Si je peux faire quoi que ce soit...

Raphaëlle tourna vers elle un visage crispé mais souriant :

– Oui : tu peux changer de sujet.

Camille lui rendit un sourire hésitant.

Ne le prends pas mal, Camille, mais tu n'es pas concernée. D'accord ?

La jeune femme hocha la tête :

– D'accord.

– Quelle heure est-il ?

– Dix-huit heures.

– Je ne me doutais pas que j'avais dormi aussi longtemps. Je me sens toujours plus reposée quand je fais une sieste en milieu d'après-midi. Pas toi ?

– Si.

– Je vais aller nous faire du thé.

– Par cette chaleur ?

– Boire chaud fait baisser la température du corps, on ne te l'a jamais appris ?

– Si. Les touaregs boivent du thé à la menthe brûlant en plein désert, mais les occidentales ont plutôt tendance à se tourner vers le Coca Light.

– Les touaregs font quantité de choses plus intelligentes que les nôtres. Ils écoutent leur corps et les éléments naturels qui les environnent. Ils n'ont pas de lunettes noires ou d'ambre solaire mais ils se protègent des effets du soleil bien mieux que nous. Je suis persuadée que peu d'entre eux meurent d'une insolation ou d'un mélanome.

– Il n'empêche que par cette canicule, je préfère boire un panaché bien frais plutôt qu'une boisson chaude. Et puis tu veux que je te dise ? Je suis certaine que tes touaregs ont une espérance de vie inférieure à la nôtre.

– Elle est mon unique raison de vivre.

Camille se tut, abasourdie.

Mon Dieu, puisses-tu ne jamais connaître ça. »

Raphaëlle ramassa le gant de toilette resté en travers de ses genoux et se leva.

La cigarette trembla légèrement entre ses lèvres.

« Je n'ai plus de panaché. Je te sors une bière du frigo ? »

Camille acquiesça, bien qu'elle n'eût plus tellement soif.

43

Raphaëlle poussa la porte de la chambre et regarda le visage fatigué de Camille d'un air contrarié. La jeune femme était restée couchée toute la matinée. Elle n'était pas allée travailler et n'avait pas voulu déjeuner.

« Tu ne te sens pas mieux ? » questionna Raphaëlle en s'asseyant au bord du lit.

Camille souleva la tête et la posa précautionneusement sur les cuisses de son amie.

« Ils sont doux.

— De quoi est-ce que tu parles ?

— Tes genoux.

Raphaëlle grimaça un sourire soucieux.

Il faudrait que j'appelle ma sœur, ajouta Camille après une pause.

— Tu veux que je t'apporte le téléphone ?

— Ne bouge pas. J'ai un mal au cœur atroce.

— Tu ne peux pas rester dans cet état-là, je vais appeler un médecin.

— S'il-te-plaît, geignit Camille en s'accrochant à ses genoux. Reste avec moi.

— Ecoute, voilà plus de quatre heures que tu es allongée sur ce lit à te plaindre de nausées, de maux de tête et d'aigreurs d'estomac. Les médicaments classiques ne t'ont pas même soulagée et tu es si faible que tu n'arrives pas à te lever. Tu as peut-être attrapé un virus. Il faut que tu te fasses examiner par un médecin, tu as certainement besoin de prendre des antibiotiques.

– Je n'ai pas eu mes règles, ces deux derniers mois.

Raphaëlle lui caressa lentement les cheveux.

– Tu crois que tu es enceinte ? demanda-t-elle doucement.

– Quand Cléa a accouché, Gilles m'a dit qu'il voulait avoir un enfant. Alors j'ai arrêté la pilule. Seulement une semaine.

– Et tu le lui as dit ?

– Non, je voulais lui faire la surprise. Et puis, quand on s'est séparés, cet épisode m'a paru tellement absurde que je n'y ai plus pensé une seule minute.

– Vous ne vous êtes pas séparés définitivement, la reprit Raphaëlle. Tu sais ce que je vais faire ? Je vais te laisser seule cinq minutes pour aller acheter un test de grossesse à la pharmacie du coin et une bouteille de champagne millésimé à l'épicerie. Si tu es effectivement enceinte, nous fêterons dignement l'événement au champagne – avec modération, bien sûr – et si tu ne l'es pas, nous boirons tout de même la bouteille ensemble pour te consoler.

– Pourquoi supposes-tu que je serais heureuse d'attendre un enfant ? » l'interrogea Camille d'un ton morne.

Raphaëlle prit son visage entre ses mains et le tourna vers le sien en souriant :

« Parce qu'avoir un enfant est l'aventure la plus merveilleuse de la vie d'une femme. Fais-moi confiance.

Camille lui rendit son sourire et ferma les yeux.

Si tu es effectivement enceinte, il va falloir que tu préviennes Gilles, ajouta prudemment Raphaëlle.

– Je suis trop fatiguée pour y réfléchir, gémit son amie.

– Il ne s'agit pas d'y réfléchir, tu *devras* le faire.

Elle se dégagea doucement de l'étreinte de Camille et se leva.

Cela dit, tu n'as pas tort : évitons de mettre la charrue avant les bœufs. Je vais à la pharmacie, il sera toujours temps d'envisager la suite des opérations lorsque nous serons fixées. »

44

Camille s'enferma dans les toilettes et urina sur le bâtonnet ainsi que le mode d'emploi l'indiquait. Elle resta ensuite assise sur le bord de la cuvette, la tige blanche entre les doigts, le regard fiévreux, jusqu'à ce que des coups contre la porte la tirent de sa torpeur.

« Ça va ? demanda Raphaëlle.

— Oui, je sors ».

Camille se rajusta, tourna le verrou de sa main libre et poussa la porte.

« Combien de temps faut-il attendre ? demanda-t-elle.

— Cinq minutes, répondit Raphaëlle en parcourant la notice.

— Je vais poser le test sur la table de nuit, comme ça je pourrai me recoucher.

— Je t'accompagne. »

Camille s'allongea sur le côté, le coude replié sous son oreille. Elle fixait la tige blanche dressée sur son support, comme hypnotisée.

« Veux-tu que je reste avec toi où préfères-tu être seule ? l'interrogea Raphaëlle.

— Il vire au bleu, fit Camille. Ça veut dire que je suis enceinte ?

Raphaëlle regarda le bâtonnet à son tour et lui sourit :

— Tu aimerais avoir une fille ou un garçon ?

— Qu'est-ce que je vais faire ? geignit Camille, qui fixait toujours la tige devenue franchement bleue.

— Tu vas avoir un bébé.

Camille tourna enfin la tête vers son amie.

    – Un bébé ? » répéta t-elle d'un air incrédule.

Raphaëlle s'agenouilla à sa hauteur :

« Ou peut-être même deux, si ce sont des jumeaux. Tu ne veux pas appeler Gilles ? », murmura t-elle en déposant un baiser sur son front.

Camille secoua énergiquement la tête.

« Tes parents, alors ?

    – Est-ce que je pourrais appeler ma sœur ?

    – Bien sûr, appelle qui tu veux. Je t'apporte le téléphone. »

45

Camille discuta avec sa sœur pendant un peu plus d'un quart d'heure. La conversation la laissa épuisée, mais heureuse : le père de l'enfant n'était peut-être pas à ses côtés, mais sa grossesse ne serait pas un secret qu'elle devrait porter seule.

Environ cinq minutes après que Camille eut raccroché, Raphaëlle passa la tête dans l'entrebâillement de la porte :

« Tu as fini ?

— Oui, merci.

Raphaëlle fit quelques pas dans la chambre :

— Est-ce que je peux récupérer le téléphone ?

Camille fut prise d'un violent haut-le-cœur avant d'avoir pu répondre et Raphaëlle lui tendit la cuvette en plastique posée au pied du lit.

— Non, ça va aller, chevrota Camille.

— Tu as vraiment mauvaise mine, tu sais.

— Ces nausées sont insupportables. J'ai vomi trois fois pendant que j'essayais d'avoir une conversation téléphonique à peu près cohérente avec ma sœur. Je ne peux rien garder, pas même une cuillère de Primpéran.

Son amie jeta un coup d'œil sur le contenu de la cuvette.

— Je vois ça.

— Par pitié, dis-moi que ça va s'arrêter un jour.

— Bien sûr que ça va s'arrêter. Du jour au lendemain, tu te porteras à nouveau comme un charme, je te le certifie. Mieux même que tu ne t'étais jamais portée auparavant. As-tu un bon médecin ?

136

— C'est celui de Gilles.

— Je parlais d'un spécialiste.

— Je n'en n'ai jamais consulté.

— Ne prends-tu pas la pilule ?

— Si.

— Qui te fait tes ordonnances ?

— Mon généraliste.

— Eh bien, il est grand temps que tu commences à prendre soin de toi. Je vais te donner les coordonnées de mon obstétricien, il est très sérieux. Tu vas l'appeler et prendre rendez-vous à son cabinet. Précise-lui que tu n'as rien avalé depuis hier au soir, il te recevra en urgence.

— Cléa m'a dit qu'elle connaissait des anti-nauséeux à effets très rapides.

— Il vaut mieux que tu commences par prendre l'avis d'un médecin. Il y a beaucoup de contre-indications, dans ton état.

— Ma sœur est auxiliaire médicale, elle sait de quoi elle parle. Ce sont des traitements qu'elle s'est fait prescrire pendant sa propre grossesse, elle m'a dit qu'ils ne représentaient aucun danger.

— Elle t'a donné le nom de ces produits ?

— Non, mais il lui en reste deux boîtes pleines chez elle. Elle passera me les apporter ici demain matin.

— Écoute, je préfère que tu la rappelles pour lui demander le nom exact de ces médicaments. Ensuite, je passerai un coup de fil au docteur Gosman par acquis de conscience. S'il me confirme qu'il n'y a aucune contre-indication, j'irai moi-même les récupérer chez ta sœur cet après-midi. De toute façon, je dois sortir, j'ai rendez-vous en centre ville à dix-sept heures.

— Cléa habite les quartiers ouest, ça t'obligerait à faire un détour.

— Peu importe...

Camille eu tout juste le temps de se pencher vers la bassine avant de cracher un filet de bile acide qui lui brûla l'œsophage et la gorge.

Peu importe que ça me fasse faire un détour, reprit Raphaëlle, tu ne vas pas passer toute la nuit dans cet état. Je te laisse le téléphone pour que tu puisses rappeler ta sœur. »

46

Arrivée au premier étage, Raphaëlle tourna un instant sur le palier avant de se diriger sur sa droite. Elle vérifia le nom gravé sur la petite plaque métallique vissée au milieu de la porte, puis posa un doigt sur la sonnette. Moins de cinq secondes après que le carillon eut retenti, des pas résonnèrent de l'autre côté de la porte et le battant s'entrouvrit.

« Bonsoir, fit Raphaëlle en souriant. Camille vous a prévenue de ma visite, je crois. Je suis venue chercher les produits miracles.

La porte s'ouvrit en grand.

– Cléa Benazine, enchantée.

– Excusez-moi, je ne me suis pas présentée : Raphaëlle Yourgaintz, une amie de votre sœur. Je l'héberge pendant quelques temps.

– Je sais, répondit Cléa avec circonspection. Gilles m'a parlé de vous.

– Vraiment ? En bien, j'espère.

Cléa l'invita à entrer d'un geste de la main.

– Je vous apporte tout de suite les médicaments.

– Merci.

Cléa disparut un court instant et réapparut avec un sac en papier recyclable.

– Puis-je vous proposer à boire ?

– Non merci, c'est très aimable à vous mais j'ai déjà pris l'apéritif avant de venir. Dans la mesure où je repars ensuite en voiture, ce ne serait pas très raisonnable.

–   Je vois. Asseyez-vous, je vous en prie.

Raphaëlle s'exécuta, dos droit et genoux croisés, mains détendues, dans une attitude d'écoute attentive et mondaine.

Vous êtes une très belle femme, reprit Cléa.

–   Je vous remercie, fit Raphaëlle, un peu surprise.

–   Combien de temps pensez-vous héberger ma sœur ?

–   Je n'en sais rien. Jusqu'à ce qu'elle souhaite s'en aller. Elle ne nous dérange aucunement, mon mari et moi, si le sens de votre question était là.

–   Ne croyez-vous pas qu'il serait préférable pour tout le monde qu'elle retourne vivre auprès de son ami ?

–   Si et j'espère sincèrement que Camille et lui finiront par se réconcilier, mais je ne vois pas bien en quoi je suis concernée. Les querelles d'amoureux sont toujours assez délicates, je ne me sens pas le droit d'intervenir.

–   Gilles ne m'a pas précisément parlé de "querelle". Selon lui, Camille l'aurait quitté parce qu'elle a été séduite par un mode de vie (elle chercha le mot)... différent, que vous représentez à ses yeux.

Elle fixa intensément son interlocutrice.

Quelle est votre opinion, à ce sujet ?

Raphaëlle, stupéfaite, resta muette pendant plusieurs secondes.

–   Est-ce que... Est-ce que vous m'accusez d'être responsable de la crise que leur couple traverse actuellement ? articula-t-elle finalement.

–   Ma sœur est restée une petite fille, extrêmement fragile et pas très équilibrée. Elle se laisse aller à des coups de cœur dont elle ne mesure pas toujours les conséquences. Dans de tels moments, elle a besoin que des gens responsables l'aident à prendre les bonnes décisions. Vous considérez-vous comme quelqu'un de responsable ?

–   J'ai peur de ne pas comprendre ce que vous attendez de moi, répondit-elle en secouant la tête.

–   Laissez-la partir, murmura Cléa.

–   Mais je ne l'ai jamais retenue, ni même incitée à rester, protesta Raphaëlle. Au contraire, je fais tout ce qui est en mon pouvoir pour l'encourager à reprendre contact avec Gilles.

— Pourrais-je connaître la nature exacte des sentiments que vous éprouvez à l'égard de Camille ?

— J'ai beaucoup de tendresse pour votre sœur.

— Je vous interdis d'appeler "tendresse" cette espèce de... de relation dégradante que... que vous entretenez... Vous êtes une femme dégoûtante ! s'écria Cléa dans un accès de rage.

— Vous n'êtes pas la première à le penser, j'imagine, fit Raphaëlle d'un ton uni en se redressant. Je vais vous laisser, vous devez certainement vous lever tôt demain matin et j'ai moi-même une journée très chargée. Bonsoir.

Elle lui tendit la main, mais Cléa ne la saisit pas.

— Je vous raccompagne. »

47

Malgré l'heure tardive, la température à l'intérieur de la berline dépassait encore les 30°. Raphaëlle mit en route la climatisation, embraya en première et donna un coup d'accélérateur. La voiture cala aussitôt. La jeune femme tourna à nouveau la clé de contact, accéléra une ou deux fois au point mort avant de passer une vitesse. La voiture cala à nouveau.

« Merde ! Mais quelle journée ! s'écria Raphaëlle en frappant le volant de ses deux mains. Allons, du calme, se sermonna-t-elle aussitôt. Elle sort de révision. Si tu n'arrives pas à passer la première, c'est que tu es trop énervée, ma fille. »

Elle ouvrit son sac à main, prit ses lunettes de soleil, les chaussa sur son nez et posa un étui à cigarettes sur le tableau de bord. Le briquet émit une petite étincelle avant de laisser s'échapper une mince flamme bleuâtre. Dès la première bouffée, Raphaëlle se sentit plus détendue. Elle remit le contact, enclencha une vitesse : cette fois-ci, la voiture démarra normalement. Trois cents mètres plus loin, la jeune femme s'arrêta à hauteur d'un feu rouge et repensa à la conversation qu'elle venait d'avoir avec la sœur de Camille - quoique le terme de *conversation* lui parut trop mondain pour désigner la lapidation en règle qu'elle avait subie. Cet interrogatoire digne d'un Tribunal de l'Inquisition l'avait agacée plus qu'il ne l'avait offensée. Elle n'admettait pas qu'une femme qui était visiblement sa cadette de plusieurs années se permette de lui faire la morale, encore moins sur ce ton de mère supérieure qui espère une confession.

Un coup de klaxon la fit sursauter. Le feu était vert. Dans sa hâte à redémarrer, elle embraya trop vite. La voiture cala encore une fois. Ignorant les coups de klaxon derrière elle, elle remit le moteur en marche, démarra en trombe et laissa sur place les autres automobilistes.

48

Lorsque Raphaëlle entra dans la chambre, Camille leva sur elle des yeux de chien battu.

« Tu as vu ma sœur ? demanda-t-elle d'une voix exténuée.

—   Oui, elle m'a donné des calmants pour ton estomac.

—   Qu'est-ce quelle a dit ?

—   Qu'elle t'embrassait très fort.

Camille sourit.

—   On s'adore, elle et moi, tu sais.

—   Je n'en doute pas, fit Raphaëlle en lui rendant son sourire. Je t'apporte un verre d'eau pour tes cachets.

—   Est-ce que tu as des frères et sœurs ?

—   Non, je suis fille unique, répondit Raphaëlle en poussant la porte. Je reviens... »

Raphaëlle rapporta le verre d'eau et les comprimés accompagnés d'un sachet de biscuits secs. Le tout était disposé sur un plateau en fer peint qu'elle posa sur la table de nuit.

« Assieds-toi, que tu puisses boire. »

Elle lui tendit le verre avec deux comprimés, que Camille absorba sans dire un mot.

« Comme tu n'as rien mangé de la journée, je t'ai laissé des petits-beurre, au cas où tu aurais un petit creux après que les médicaments auront fait leur effet, expliqua Raphaëlle en s'asseyant au bord du lit.

Ça va aller ? »

Camille hocha la tête et se laissa à nouveau glisser sur l'oreiller. Raphaëlle reposa le verre sur le plateau.

« Tâche de dormir un peu. »

A son réveil, Camille se sentait beaucoup mieux. Après les petits-beurre, elle avala au souper une énorme côte de bœuf accompagnée de pommes de terre frites cuites au four, que Raphaëlle avait sorties du congélateur une heure plus tôt. Ludovic mâchait sa salade avec application, non sans jeter de temps à autre un coup d'œil admiratif sur l'assiette de Camille.

« Tu en veux ? » demanda Raphaëlle.

Elle attendit la réponse de son mari, mais ce dernier ne l'avait manifestement pas écoutée.

« Ludo ! insista-t-elle.

– Hm ? fit-il, la bouche pleine de laitue.

– Je te vois loucher sur l'assiette de Camille : veux-tu que je te fasse des frites ?

– Non merci, je n'ai jamais beaucoup d'appétit, le soir. Je me demandais juste où diable une si frêle créature pouvait mettre toute cette nourriture.

– Ne t'en fais pas pour moi, j'ai encore de la place, lança Camille après avoir dégluti sa dernière bouchée de frites. D'ailleurs, j'en reprendrais volontiers.

– Ne mange pas trop, tu vas encore être malade », conseilla Raphaëlle avec un sourire indulgent.

À la fin du repas, Ludovic déboucha la bouteille de champagne. Camille ne but qu'une seule coupe, mais les effets combinés de la digestion et du champagne la firent s'endormir sur sa chaise.

49

Camille fut surprise de trouver Ludovic et Raphaëlle assis dans le salon encore en tenue de ville. Elle avait quitté son service très tard - comme presque tous les samedis - et ne s'attendait pas à croiser âme qui vive dans la villa des Yourgaintz. Ils auraient dû être sortis ou déjà couchés, mais certainement pas en train de l'attendre un verre de vin à la main (du Chianti, à en juger par l'étiquette sur la bouteille).

« Vous m'attendiez ? demanda-t-elle d'une voix incrédule.

— Nous voulions te parler », fit Ludovic, penché sur son verre.

Camille regarda la cravate de soie noire qui tombait entre ses cuisses. Le nœud était impeccablement serré autour d'un col de chemise amidonné avec soin. Son pantalon tombait droit comme un i sur ses mocassin vernis. Même la veste n'avait pas un faux pli. Malgré une longue journée de travail, son costume était resté tel qu'il était au matin lorsqu'il l'avait pris sur son cintre.

« Ça peut attendre que j'ai pris ma douche ? interrogea Camille.

— Nous n'en avons pas pour longtemps. Assieds-toi, je t'en prie. »

Camille s'installa sur le sofa et les observa tour à tour, les yeux plissés par un effort d'attention. Elle était positionnée de trois quarts face aux fauteuils qu'ils occupaient : elle guettait ainsi celui des deux qui allait prendre la parole en premier.

Raphaëlle alluma une cigarette et concentra son attention sur le briquet, qu'elle manipulait avec des gestes excessivement nerveux :

« Ludovic et moi voulions t'informer de certains changements qui vont survenir dans notre vie quotidienne, les prochains jours.

Elle se racla la gorge.

Je t'ai déjà parlé de notre fille Roxane, à ce qu'il me semble.

Camille acquiesça.

Son père et moi sommes allés à la clinique ensemble avant-hier. Les médecins ont décidé qu'elle pouvait rentrer chez elle, parce qu'ils pensent qu'elle sera mieux avec sa famille.

– Je suis ravie d'apprendre qu'elle est sur la voie de la guérison, dit Camille avec une gaieté sincère. Vous devez être soulagés.

– S'il-te-plaît ! s'écria Raphaëlle avant de fermer les yeux et de prendre une longue inspiration.

– Ma femme, dit doucement Ludovic, essaie de t'expliquer que Roxane va de nouveau vivre ici, avec nous, et qu'il serait souhaitable que son univers sois bouleversé le moins possible. Il est important qu'elle se sente chez elle, parce que cette maison est *sa* maison et que nous sommes ses parents. Nous ne voulons surtout pas qu'elle ait l'impression que son territoire a été envahi pendant son absence, qu'elle a été remplacée ou qu'elle est devenue une étrangère. Nous allons avoir besoin de nous retrouver tous les trois. Est-ce que tu comprends ?

– Oh ! s'exclama Camille avec surprise. Vous voulez que je m'en aille ?

– Nous voulons avoir du temps pour profiter de notre fille, rectifia Ludovic.

– Je comprends, mais laissez-moi au moins quelques jours, une ou deux semaines tout au plus, le temps de me retourner. Je n'ai nulle part où aller pour l'instant. Ma sœur vient juste d'avoir son bébé, je ne peux pas débarquer chez elle sans crier gare. Quant à Gilles, l'appartement qu'il occupe est le sien, je ne me vois pas lui demander de m'héberger alors que nous venons de nous séparer...

– Personne ne te demande de t'en aller, l'interrompit Raphaëlle. Nous voulions simplement que tu saches que notre vie allait s'organiser différemment et qu'il faudrait que tu agisses en conséquence. Roxane a beaucoup de temps à rattraper, notamment avec nous. Alors à partir de la semaine prochaine, tu devras élaborer ton emploi du temps indépendamment du nôtre, sans te préoccuper de nos sorties ou de nos activités.

– Je comprends tout à fait. Je te promets que je ne vous dérangerai pas.

– La question n'est pas tellement là, reprit Raphaëlle. Il faudra également que tu supportes la présence permanente d'une enfant de neuf ans qui réclamera des soins et de l'attention. En ce qui me concerne, je sais que ça ne posera pas le moindre problème, parce que je suis sa mère, mais la patience qu'on a pour son propre enfant, on ne l'a pas forcément pour celui des autres.

– Je saurai m'occuper d'elle, objecta Camille. J'ai toujours eu un bon contact avec les enfants. Les jours où je finirai mon service pas trop tard ou quand je serai de repos, je la garderai si Ludovic et toi voulez passer une soirée à l'extérieur. Je lui donnerai son bain, je jouerai avec elle, je suis sûre que nous nous entendrons très bien, toutes les deux.

– Cesse de dire des bêtises, ta proposition est insultante. Tu n'as pas à gagner le droit de rester ici, tu es chez toi. Depuis un mois que nous vivons sous le même toit, je pensais que le fait était entendu.

– Je me proposais simplement de vous rendre service, bredouilla Camille, qui s'était rencognée dans un coin du sofa sans même s'en rendre compte.

– Tu n'as aucun service à nous rendre.

– Rapha, je ne sais pas quoi vous dire. Je sais que vous aimeriez que je parte et je sais aussi que vous n'oserez jamais me le demander. Ma sœur accepterait certainement que je m'installe chez elle en attendant que je trouve un meublé à louer et si ça devenait vraiment nécessaire, je le ferai, mais... ils vivent déjà à trois dans un deux-pièces et puis... je me sens bien, ici. Bien sûr, je n'ai pas l'intention d'y rester toute ma vie, mais j'ai besoin d'un peu de temps pour me retrouver. Gilles, le bébé... tout ça c'est trop pour moi.

Camille avait soudain du mal à refouler ses larmes : elle se sentait à bout de forces.

Je sais que vous avez vos problèmes, je ne vous demande pas de me plaindre, juste de m'accorder un délai. Je ne serai pas un poids, je vous le promets. Je vous aiderai de mon mieux. Je ferai les courses, le ménage, les lessives, vous n'aurez à vous soucier de rien d'autre que de vous trois.

— Apparemment, je n'ai pas été assez claire, fit Raphaëlle, le visage fermé. Tu veux rester, alors tu restes. Il n'y aucune contrepartie. L'affaire est close. »

Elle se hissa hors du fauteuil, tourna les talons et quitta la pièce.

50

Camille se présenta amicalement et observa la fillette avec une bienveillance attentive : elle était pâle, délicate, timide, tout le contraire de sa mère.

Raphaëlle passait ses journées assise à côté d'elle sur le canapé. Camille les entendait discuter et rire comme deux amies d'enfance qui recensent leurs souvenirs communs. Elle les quittait le matin pour aller travailler et les retrouvait ensemble le soir lorsqu'elle avait fini son dernier service au restaurant. Ludovic, lui, était toujours absent. Camille ne se souvenait pas l'avoir aperçu une seule fois en tête-à-tête avec sa fille. Le soir, il posait sa mallette dans l'entrée, saluait discrètement son épouse et appliquait un baiser sur le front de Roxane, puis vaquait paisiblement à ses occupations avant d'aller se coucher avec un livre. Seul, naturellement.

Ludovic semblait fort bien s'accommoder de cette nouvelle situation, mais Camille n'arrivait pas à comprendre comment il pouvait se faire aussi facilement à cette solitude forcée. Quelquefois même, elle allait le consoler et passait la nuit avec lui pour lui tenir compagnie, tandis que Raphaëlle dormait dans le lit étroit de sa fille.

Un soir où Camille avait achevé son service plus tôt que d'ordinaire, elle avait accepté de faire une partie de Monopoly avec Raphaëlle et sa fille. Raphaëlle, après deux verres de cognac, avait fini par s'assoupir sur le canapé. Roxane l'avait secouée une première fois en riant :

« Maman ! C'est à toi de jouer ! »

Raphaëlle s'était redressée, avait souri, lancé les dés, avancé son pion et appuyé sa main, puis son menton, sur l'épaule de Camille. L'enfant avait ouvert la bouche pour protester en voyant que sa mère refermait les yeux, mais Camille l'avait interrompue d'un geste :

« Laisse ta mère se reposer, on va finir la partie toutes les deux », dit-elle d'une voix douce.

Ludovic était rentré à ce moment précis et avait passé la tête dans le séjour pour saluer ses trois femmes.

« Maman s'est endormie », fit l'enfant, radieuse, en caressant délicatement les cheveux de sa mère.

Camille leva vers Ludovic un regard tranquille et chaleureux. Ludovic sourit patiemment. Raphaëlle était blanche, épuisée, écroulée sur l'épaule de Camille comme un fusillé sur son poteau d'exécution.

« Tu devrais aller la coucher, dit cette dernière à voix basse. Elle a besoin de se reposer.

Ludovic souleva sa femme dans ses bras.

   –   Je n'appelle pas ça se reposer, fit-il entre ses dents.

Camille se leva et le suivit dans la chambre.

     Aide-moi à la déshabiller, s'il-te-plaît.

Il allongea Raphaëlle sur le lit et embrassa ses paupières violacées.

     Regarde la. Elle n'a plus la force de dormir, ni de garder les yeux ouverts.

   –   Justement. Pour une fois qu'elle dort, ne la réveille pas.

   –   Elle ne dort pas. Elle est en train de se massacrer de l'intérieur, gronda-t-il.

   –   Qu'est-ce que tu racontes ? », demanda Camille avec un petit rire inquiet.

Elle n'avait jamais vu Ludovic dans un tel état de fureur rentrée. En réalité, se dit-elle, elle ne l'avait jamais vu en colère à quelque occasion que ce soit.

« Son cerveau fonctionne à cent à l'heure. Pas de temps mort, pas d'arrêts de jeu, rien. Elle fait griller ses fusibles les uns après les autres.

Il suait abondamment et ses yeux brillaient beaucoup trop.

Enlève-lui ses chaussures, au moins, elle va faire un trou dans les draps avec ses talons aiguille, reprit-il après une longue inspiration. Pourquoi est-elle habillée de cette manière, au juste ?

- Elle est allée faire les boutiques avec Roxane, cet après-midi.

Il hocha la tête.

- Si tu arrives à lui retirer sa jupe et son chemisier, ça nous évitera d'avoir à les repasser. Sinon je m'en occuperai tout à l'heure.

Il se força à sourire.

Bien, je vais voir ma fille. Je n'ai même pas pris le temps de lui dire bonsoir. »

Camille retira les escarpins des pieds de Raphaëlle. Elle trouva ses chevilles glacées et essaya de faire glisser ses jambes sous les draps. Elle se débattit quelques instants avec l'agrafe de la jupe, qui lâcha brusquement prise et vint griffer le ventre de son amie. Celle-ci poussa un gémissement contrarié, redressa la tête et entrouvrit les yeux, sourcils froncés.

« Où est Roxane ?

- Avec son père, répondit Camille. J'espère que je ne t'ai pas fait mal.

- Ludovic est rentré ? Depuis quand ?

- Quelques minutes. Tu t'étais endormie, il t'a portée jusqu'ici.

Raphaëlle soupira, laissa retomber sa tête sur l'oreiller et se couvrit les yeux d'une main.

- Je ne sais pas ce que j'ai, ce soir, je suis crevée.

- Essaie de te rendormir. Je te laisse finir de te déshabiller.

- Attends une minute. Puisque tu es là, il y a un sujet que j'aimerais aborder avec toi.

- Je t'écoute.

- Tâche de faire attention, quand tu passes la nuit avec Ludovic.

Camille eut un haussement de sourcils craintif et interrogateur.

- Je suis désolée, je ne pensais pas que ça t'ennuyait...

Raphaëlle sourit et agita mollement la main.

– Non, il ne s'agit pas de moi. Mais je ne voudrais pas que Roxane aille faire une bise matinale à son père et le trouve en compagnie d'une autre femme que sa mère. Il serait préférable que tu regagnes ton lit pour dormir. Nous ne sommes plus entre adultes, maintenant, il faut en tenir compte.

– Je serai prudente.

– Tu veux bien m'apporter mes cigarettes et mon briquet, s'il-te-plaît ?

– Tu devrais plutôt essayer de dormir.

– Camille, s'il-te-plaît... s'impatienta Raphaëlle.

– Ça va, ne bouge pas, je te les apporte. »

51

La fillette ne se levait pratiquement plus, le moindre effort paraissait l'épuiser. Raphaëlle s'enfermait dans son atelier des heures entières, « pour retravailler d'anciennes toiles », disait-elle. Elle en ressortait toujours les yeux rougis et les paupières enflées. Le scénario était le même soir après soir : Raphaëlle claquait la porte de son atelier, rentrait à l'appartement la mine défaite, marchait droit vers la salle de bain, se lavait le visage à l'eau froide, se maquillait les yeux et faisait naître devant la glace son plus beau sourire avant d'aller retrouver sa fille. Ludovic, à qui sa femme n'adressait presque plus jamais la parole, se ratatinait sur lui-même comme un vieux bonhomme sénile, marmonnait des choses incompréhensibles ou répétait des phrases sans intérêt en un radotage incessant, mais la majeure partie du temps restait silencieux. A l'heure du souper, chacun se préparait un plateau pour manger dans son coin. Ludovic absorbait en général de la soupe en brique et un sandwich devant la télévision. Raphaëlle composait pour Roxane un menu à la fois goûteux et varié, avec toujours au moins un dessert appétissant. Ainsi, lorsqu'elle posait sur le plateau une mandarine ou une pomme « pour les vitamines », elle prenait soin d'y ajouter une coupe de mousse au chocolat ou une part de tarte meringuée. Une fois tous les plats prêts à être emportés, Camille regardait son amie aligner les calmants à côté du verre de lait et en dissoudre quelques uns dans l'alimentation, afin que la quantité de cachets qui lui était administrée n'impressionne pas la jeune malade. Raphaëlle apportait ensuite le plateau à Roxane, qui mangeait au lit, adossée à deux oreillers, et restait avec elle jusqu'à ce que cette dernière ait terminé son repas. Raphaëlle, une fois seule dans la cuisine, grignotait en guise de collation les restes du plateau de sa fille. Camille, quant à elle, avait repris l'habitude de rester manger au restaurant après son service. Selon l'heure à laquelle elle rentrait, elle allait se coucher directement ou tenait compagnie à Ludovic devant un film ou une série télévisée. Elle évitait Raphaëlle, devenue distante et irritable. Ludovic avait engagé sans la consulter une aide à domicile pour la soulager d'une partie des tâches ménagères et s'occuper de Roxane. Raphaëlle n'avait rien contre cette femme, mais lui avait mis « les points sur les i » dès sa première journée de travail : elle n'entendait pas utiliser ses services autrement qu'en tant que dame de compagnie ou aide ménagère ; si ça ne lui convenait pas, elle pouvait chercher une autre place. Les repas, la toilette, les soins, tout ce qui impliquait un contact physique avec sa fille, Raphaëlle continuerait à s'en charger elle-même.

Camille avait de la peine pour cette famille. Elle les aimait tous les trois, même Roxane, avec qui elle n'avait pourtant pas eu souvent l'opportunité de parler. Parfois, la jeune femme avait envie d'attraper Raphaëlle par les épaules et de la secouer, mais elle ne faisait rien, elle n'ouvrait même pas la bouche. C'est à peine si la nuit, dans l'obscurité de sa chambre à coucher, Camille s'autorisait quelquefois à pleurer. Raphaëlle et Ludovic – Raphaëlle et Ludovic tel qu'ils étaient avant – lui manquaient, Gilles lui manquait, sa sœur lui manquait et ses parents aussi, le monde entier lui manquait. A ces moments, elle cachait sa tête sous son oreiller, comme quand elle avait huit ans et pensait que si elle ne voyait pas les monstres qui la guettaient sous son lit, les monstres ne la verraient pas non plus.

Un soir, alors que Camille venait d'éteindre la lampe de chevet, Raphaëlle poussa la porte de la chambre et vint s'asseoir au bord du lit :

« Gilles a appelé, tout à l'heure, commença-t-elle. Il voudrait te voir.

Camille tendit la main pour rallumer la lampe, mais Raphaëlle l'en empêcha.

– Est-ce que tu as encore pleuré ? demanda Camille d'une voix somnolente.

–   Disons qu'il y a des soirs où je gagne à être vue dans le
noir.
–   Pourquoi veut-il me voir ?
Camille regardait la longue silhouette de Raphaëlle, immobile,
que n'agitait pas le moindre frémissement nerveux.
Rapha ? insista Camille.
–   Je ne sais pas. Il a seulement demandé que tu le rappelles.
Sinon, il me fait dire qu'il te rappellera lui-même. »

Sa phrase à peine achevée, Raphaëlle s'affaissa lentement
sur le lit, si lentement que Camille la crut victime d'un malaise et
s'apprêtait à saisir le pommeau de la lampe quand Raphaëlle
ramena ses jambes sur le matelas et les glissa sous la couette.
Camille hésita quelques secondes, faillit la prendre dans ses bras
et la serrer contre elle, mais Raphaëlle était si émotive, ces
derniers temps, qu'elle craignit de commettre une erreur et préféra
rester de son côté du lit.

Camille écoutait la respiration de son amie. Elle se faisait
de plus en plus douce, de plus en plus basse et profonde. Et
Camille ne ferma les yeux à son tour que lorsqu'elle fut certaine
que Raphaëlle s'était endormie.

52

Camille avait accepté de le rencontrer. Gilles lui avait dit qu'il s'agissait de quelque chose de très important, dont il ne souhaitait ni ne pouvait lui parler au téléphone. Elle avait posé comme condition à leur entrevue qu'elle se déroule dans un endroit parfaitement neutre, raison pour laquelle il lui avait donné rendez-vous dans un café, en centre ville. Gilles, assis à une des tables du fond, jetait un coup d'œil anxieux sur chaque personne qui poussait la porte du troquet. Lorsque Camille entra, il agita la main pour attirer son attention et attendit qu'elle vienne s'asseoir en face de lui.

« Salut, comment vas-tu ? demanda Gilles avec une feinte décontraction.

– Bien, merci, dit-elle sans le regarder.

– Qu'est-ce que tu veux boire ?

– Un café, ça ira. »

Gilles fit signe au serveur et commanda deux expressos. Il attendit sans rien dire que le garçon prépare la commande et dépose les tasses devant eux sur la table de zinc. Pendant ce temps, Camille arrangeait la courroie de son sac à main sur le dossier de sa chaise, en silence.

« Camille, pourquoi ne pas m'avoir dit que tu étais enceinte ? lâcha finalement Gilles.

– Nous nous sommes séparés, tu ne te rappelles pas ? »

Le jeune homme se mordit la lèvre inférieure. Plus il la regardait et plus elle lui manquait. Même méprisante, même méfiante et agressive, il lui trouvait les plus beaux yeux du monde, le visage le plus doux. Il s'interdit fermement de laisser son regard descendre plus bas, sachant que Camille prendrait cela pour de la provocation et se mettrait en colère. Il ne voulait surtout pas la voir se lever et s'en aller, pas maintenant, pas déjà, jamais.

« Ne dis pas ça, je t'en prie, commença-t-il. A aucun moment je n'ai sérieusement envisagé que nous pourrions nous quitter. Depuis six semaines, je ne sors de l'appartement – de *notre* appartement – que pour aller travailler. Je n'ai pas cherché une seule occasion de rencontrer une autre femme, je n'y ai même pas songé. J'attends que tu rentres, c'est tout. »

Il regretta aussitôt ses paroles, car elles étaient pour Camille une accusation implicite. « *Je ne t'ai pas trompée et toi si, je suis le bon et toi la méchante, voilà ce que tu viens de lui dire, bougre d'imbécile !* », s'admonesta-t-il mentalement.

Mais Camille ne semblait pas avoir relevé l'allusion.

« Comment es-tu au courant, pour le bébé ? demanda-t-elle.

– C'est ta sœur qui me l'a dit.

– Tu l'as vue ?

– Je l'ai appelée.

– Pour lui dire quoi ?

– Je voulais avoir de tes nouvelles.

– Sans rire ! fit-elle d'un ton mordant. Pourquoi ne pas m'avoir appelée directement, alors ?

– Je t'ai laissé plusieurs messages sur ton portable et tu ne m'as jamais rappelé.

– La batterie est vide depuis cinq semaines. Le chargeur est resté chez toi. Mais rien ne t'empêchait d'appeler sur le fixe.

– Chez Ludo et Raphaëlle ? Camille, essaie de te mettre à ma place, la situation est terriblement embarrassante, pour moi.

– Bien sûr, tu as de quoi être embarrassé : tu vis seul dans un quatre pièces de 160m² avec un salaire de deux milles euros par mois alors que je squatte chez des amis. Continue à pleurer sur ton sort, je vais finir par te plaindre.

Gilles soupira impatiemment et se pencha vers Camille :

–   Ecoute, je suis venu ici pour essayer de recoller les morceaux et toi, tu...

–   Et moi je te traîne dans la boue, c'est ça ? Je te quitte, je te trompe, je te fais un enfant dans le dos, peut-être... Parce que mon pauvre vieux, qui te dit qu'il est de toi, cet enfant ? »

Gilles eut le souffle coupé par cette nouvelle attaque, si inattendue qu'il ne réussit pas à la parer. Camille gagnait du terrain, elle en avait conscience et plaçait stratégiquement ses pions. A son tour, elle se pencha en avant :

« Tu n'étais pas très pressée de me revoir, avant d'apprendre que j'étais enceinte. Et maintenant que tu espères avoir un héritier pour le nom et la fortune de ton père, tu te rappelles à mon bon souvenir, pas vrai? Eh bien, va te faire foutre, mon vieux ! siffla-t-elle avec rage. Et si ton simulacre de retour d'affection est une idée de ta mère, qu'elle aille se faire foutre avec toi !

–   Je t'en prie, Camille, pourquoi racontes-tu des horreurs pareilles ? Tu sais que cet enfant est le mien et tu sais aussi que je t'aime.

–   Mettons les choses au point : cet enfant n'est pas *ton* enfant mais le *mien*. Le *mien*, tu comprends ? Il est à l'intérieur de moi, il grandit dans *ma* chair, au creux de *mon* ventre. Il fait partie de moi et que tu sois ou non son géniteur n'y change rien.

–   Je t'aime, répéta le jeune homme. Je t'aime et je veux vous avoir auprès de moi, toi et ce bébé. Je veux passer le reste de ma vie avec toi, je veux élever cet enfant avec toi et en avoir un autre et encore un autre et autant que tu en voudras et je veux aussi une villa, avec une piscine chauffée dans laquelle nous ferons l'amour tous les jours de l'année et puis je veux un chien, un berger allemand ou un cocker, je sais que tu as toujours adoré les cockers, et aussi un jardinier pour notre roseraie, tu m'as dit un jour que tu rêvais de vivre au milieu des roses rouges depuis que tu étais toute petite fille... »

Il bégayait, bredouillait, ne s'arrêtait plus de parler, se sentait lamentable et plus il parlait, plus il se sentait lamentable. Camille en était bouche bée. Puis brusquement, elle éclata de rire et ce fut au tour de Gilles de rester muet devant ce soudain accès de bonne humeur.

« Arrête, mais arrête, tu es fou ! dit-elle en prenant ses mains dans les siennes. Tout le monde nous regarde.

— Je t'aime, Camille. Qu'est-ce que je peux dire de plus ?

— Rien », répondit-elle en baissant les yeux.

Elle avait gardé les mains de Gilles emprisonnées dans les siennes et il se prit à espérer que peut-être...

« Il n'y a rien à ajouter », fit-elle en ramenant ses mains sur ses genoux.

Gilles détailla son visage enfantin, boudeur, son nez criblé de taches de rousseur et ses pommettes enflammées par la nervosité. Puis il essaya d'apercevoir son ventre par-dessus la petite table circulaire, cherchant une rondeur, même légère, qui lui aurait permis de s'émouvoir jusqu'aux larmes. Il étira discrètement le cou pour mieux regarder, mais la jeune femme portait un large chandail qui l'empêchait de voir que ce soit. Gilles réajusta son regard sur le visage de Camille et se rendit compte qu'elle l'observait avec curiosité. Il s'efforça de soutenir son regard avec assurance, se disant que jamais de sa vie il n'avait été aussi stupidement et inconditionnellement amoureux. Son cœur se mit à battre la chamade. Il avait l'impression d'être un adolescent à son premier rendez-vous galant.

« On commence à peine à voir une différence, fit Camille d'une voix radoucie.

— Quoi ? demanda Gilles, comme engourdi.

— Tu regardais mon ventre...

— Oui, c'est vrai, avoua-t-il.

— Je te disais qu'il commençait à peine à s'arrondir.

— Ah bon.

Il ne sut pas quoi dire d'autre.

— Tu as perdu ta langue ? demanda Camille en lui coulant un demi sourire moqueur.

— Accepterais-tu une invitation à dîner dehors ? embraya Gilles.

– Oh non ! Sûrement pas dehors, je te rappelle que je travaille dans un restaurant dix heures par jour et cinq jours sur sept.

– Justement, d'habitude tu aimes bien inverser les rôles. Etre à la place du client, tu as toujours trouvé ça agréable, il me semble.

– C'est vrai, mais en ce moment je me sens trop fatiguée pour sortir. Mon seul désir, quand j'ai fini mon service, est de me retrouver enfin au calme.

– Viens manger à la maison, alors ?

Elle hésita, la mine sérieuse.

– Si tu veux. Un dîner ne nous engage à rien, après tout.

– Quel est ton jour de repos, cette semaine ?

– Mardi.

– OK pour mardi soir ?

– Mardi soir, très bien.

– Huit heures et je passe te prendre chez Raphaëlle et Ludo. Je donnerai deux coups de klaxon pour te prévenir quand je serai devant la villa.

– Dix-neuf heures trente et je viendrai par mes propres moyens. Je préfère prendre ma voiture, pour pouvoir rentrer tôt.

– Ta voiture ne te servira qu'à l'aller. Je ferai en sorte que tu n'aies plus envie de repartir », affirma Gilles, qui retrouvait une contenance.

Camille se leva, mit son sac à main en bandoulière et lui lança un sourire de défi :

« Présomptueux ! Je te préviens, je ne me laisserai pas séquestrer sans une excellente raison : tu as intérêt à te surpasser aux fourneaux.

Gilles se redressa et enfila son blouson.

A mardi, fit Camille en l'embrassant sur la joue.

– A mardi.

Il la retint par le coude.

Je t'aime, Camille.

La jeune femme se dégagea doucement et lui adressa un sourire gêné.

— Gilles, il ne s'agit que d'un dîner, d'accord ?

— D'accord, dit-il en hochant la tête. A mardi soir ?

— A mardi soir. »

53

Camille suspendit dans l'entrée son blouson et son sac en jean. Elle commença à retirer ses bottes avant même d'avoir atteint la salle de bain. Elle se fit rire lorsqu'elle passa, claudicante, devant le miroir en pied du couloir. Elle avait déjà réussi à enlever la première botte et, à cloche-pied, tirait sur la seconde comme une forcenée. Enfin, la seconde botte céda. Elle la ramassa et continua son chemin normalement. La perspective du jet d'eau brûlant sur sa peau glacée et ses muscles endoloris la délassait par avance. Elle régla le radiateur électrique sur le maximum pour ne pas risquer d'avoir froid lorsqu'elle couperait l'eau, puis se déshabilla.

Après s'être entièrement douchée, elle passa une bonne trentaine de minutes à se sécher les cheveux devant la glace de la salle de bain. Ce n'est qu'au moment où le moteur du séchoir se tut qu'elle s'aperçut du calme qui régnait dans la villa. Il était presque 23 heures, Ludovic et Raphaëlle auraient tous deux dû être rentrés. Camille se rendit dans sa chambre pour se rhabiller et tendit l'oreille. Elle passa une tenue propre et confortable – sweat shirt et pantalon en stretch – avant de se diriger vers le salon, d'où lui parvenait le son étouffé de la télévision. Raphaëlle, assise sur le canapé, fixait sans les voir ses deux mains posées à plat sur la table basse. Camille fut assaillie par l'odeur entêtante de l'alcool, remarqua le verre vide, la bouteille de vodka entamée, mais ne fit aucun commentaire.

« Bonsoir. Ludovic n'est pas rentré ?

Raphaëlle releva la tête :

– Je ne l'ai pas vu.

—   Et tu ne sais pas où il est ?

—   Probablement dans un bar ou une boîte privée.

Camille ramassa la télécommande du téléviseur, tombée sur le tapis, et appuya sur « off ».

—   Tu as dîné ?

Raphaëlle parut à Camille faire un effort surhumain pour lui sourire :

—   Oui, ne t'en fais pas.

—   Qu'est-ce que tu as mangé ?

—   Pâtes et steak haché, le même menu que Roxane.

Camille s'assit à côté d'elle :

—   J'ai cru que cette journée n'en finirait jamais. Remarque, je ne me plains pas, j'ai récolté près de 50 euros de pourboire.

—   Si tu as faim il reste des pâtes avec du gruyère. Tu n'as qu'à casser un œuf dedans et les mettre au four, ça te fera un gratin.

—   Non, j'ai pris mon repas dans l'arrière-salle avant de rentrer. Filets de loup à l'armoricaine, le plat du jour. Je me suis régalée.

—   Depuis le temps que tu me parles de ce restaurant, il faudra que je me décide à aller y faire un tour.

Raphaëlle parlait d'un ton mécanique, sans porter le moindre intérêt à la conversation, mais Camille fit comme si elle ne l'avait pas remarqué.

—   Demain je suis en congé, mais viens déjeuner mercredi midi. Je te servirai moi-même.

—   Ta proposition est tentante, mais je m'en voudrais de te donner du travail en plus.

—   Je t'invite. Si tu aimes le poisson grillé, le chef fait de très bonnes dorades, sinon tu as le choix entre pas mal de plats de pâtes. Et si tu as un appétit d'ogre, le steak tartare est délicieux : je te garantis personnellement la qualité et la fraîcheur de la viande.

—   Je passerai si je suis dans le coin.

—   Les frites sont faites maison et l'huile est changée à chaque service.

– J'essaierai de passer.

– Tu as besoin de t'aérer, ça ne peut que te faire du bien.

Raphaëlle la regarda fixement et Camille lui adressa un clin d'œil amical :

– Tu viendras ?

– J'essaierai.

– Ça me fera plaisir de te voir, ça me coupera la journée.

– Je ne peux pas laisser Roxane toute seule.

– La fille qui vous fait les courses et lui tient compagnie quand il n'y a personne...

– Il n'y a jamais *personne*, je suis juste à côté, à l'atelier.

– Justement, autorise-toi à sortir, pour une fois. Roxane ne risque rien, avec sa baby-sitter. Et puis elles ont toutes les deux ton numéro de portable et les coordonnées de Ludovic au bureau. S'il y a le moindre problème, elles t'appelleront.

Camille se passa la langue sur les lèvres et posa ses mains sur celles de Raphaëlle.

Ecoute-moi un peu, tu veux ? Je vais te donner mon sentiment : tu as tort d'agir comme tu le fais. Ça ne me regarde sans doute pas mais dans l'état où tu es, tu n'es d'aucune utilité à ta fille. Tu ne fais que la rendre anxieuse, à tourner en rond sans arrêt. Tu te fais du mal et tu lui fais du mal à elle aussi. Ludovic a raison de ne pas rester enfermé, je suis convaincue que si tu en faisais autant, tout le monde se porterait beaucoup mieux, à commencer par Roxane. Il faut que tu fasses un effort, Rapha : si tu veux qu'elle se batte, il faut que tu te battes, toi aussi.

Raphaëlle dégagea ses mains et sortit un paquet de cigarettes entamé de sa poche de poitrine.

Tu fumes vraiment beaucoup, ces derniers temps ; je ne crois pas que ce soit très indiqué dans une maison où une jeune femme est enceinte et une autre atteinte d'un cancer », dit sèchement Camille.

Raphaëlle eut un sourire froid et sec tandis qu'elle allumait sa cigarette. Ce sourire n'avait aucun sens aux yeux de Camille. Il détonnait avec le sérieux de la conversation, avait quelque chose d'emprunté, d'inhumain, qui la choqua profondément. Elle rassembla ses esprits, non sans difficultés, et retrouva suffisamment de lucidité pour se dire qu'elle était allée trop loin. Sa remarque à propos de la cigarette était stupide et agressive, voire indécente. Raphaëlle était chez elle, il n'appartenait pas à Camille de juger son comportement, mais s'excuser était au-dessus de ses forces : dans le fond, elle n'avait rien fait d'autre que dire la vérité, même si elle l'avait fait avec plus de brutalité qu'elle ne l'aurait voulu.

« Je vais dire bonsoir à Roxane, fit-elle en se redressant.

– Elle dort, l'arrêta Raphaëlle. J'irai la voir d'ici un quart d'heure. Si elle est réveillée, je lui souhaiterai bonne nuit de ta part. »

Le ton de sa voix était calme et sans appel. Camille renonça. Elle prit un livre au hasard sur les rayonnages de la bibliothèque et alla s'enfermer dans sa chambre en attendant le retour de Ludovic. Elle avait envie de discuter avec quelqu'un.

Raphaëlle écrasa sa cigarette dans son verre avant de se lever. Elle trouva sa fille dans une demi conscience, assommée par les drogues qui lui étaient prescrites. Elle s'agenouilla à son chevet, lui sourit et lui demanda si elle avait envie de quelque chose : bonbon, soda, bandes dessinées... Roxane lui répondit qu'elle avait envie de jouer à la bataille. Raphaëlle alla chercher un jeu de cartes, bien qu'elle doutât que la fillette parvienne à se concentrer sur la partie. Elle passa la soirée assise en tailleur au pied du lit de l'enfant, à lui retourner ses cartes, lui disant quand elle avait gagné et quand elle avait perdu. Lorsque Roxane finit par s'endormir pour de bon, sa mère récupéra une à une les cartes étalées sur les draps, la borda soigneusement, posa ses lèvres sur son front quelques secondes et referma sans faire de bruit la porte de la chambre.

54

Camille regarda les paumes de ses mains, humides de transpiration, avant de les essuyer avec un mouchoir en papier. C'était ridicule d'avoir peur, du moins le pensait-elle. Gilles et elle avaient dîné ensemble des dizaines et des dizaines de fois auparavant. Il n'y avait aucune raison de se sentir angoissée. Sauf que ce soir, Camille repartirait dormir chez les Yourgaintz et Gilles se coucherait seul.

Elle s'arrêta devant le parlophone. Devait-elle sonner au bas de l'immeuble et attendre que Gilles l'invite à monter ou devait-elle composer le code d'accès et sonner directement à la porte de l'appartement ? Elle s'annonça par le parlophone, patienta jusqu'au déclic d'ouverture de la porte et monta les quatre étages à pied, histoire d'évacuer la tension et d'entretenir sa forme. Gilles l'attendait sur le pallier. Camille lui adressa un sourire furtif, se pencha en avant pour lui faire la bise et pénétra dans l'appartement.

Elle s'attarda de longues minutes, accroupie dans l'entrée, à caresser le chat. L'animal, heureux de retrouver sa maîtresse après six semaines d'absence, donnait de la tête contre ses genoux avec un ronronnement satisfait. Camille lui lissait les oreilles du bout des doigts, tendait un bras devant elle afin de le laisser glisser sa tête puis son cou de panthère dans le creux de sa main, faisait souplement descendre une caresse le long de son dos jusqu'à la pointe de la queue, le gratifiait de tous les surnoms les plus grotesques et affectueux qui lui venaient à l'esprit.

Gilles ne voulut pas l'interrompre. Il lui demanda simplement ce qu'elle désirait boire, bien qu'il eut déjà préparé de la sangria, son cocktail préféré, au réfrigérateur, puis il sortit les verres du placard et revint dire à Camille qu'elle était servie au salon. La jeune femme acquiesça. Elle caressa le chat une dernière fois, avant de se relever.

Gilles observa l'animal tandis que Camille prenait place sur le sofa. Leur petit tigre d'appartement s'était assis devant elle, la queue balançant de droite et de gauche, les oreilles rabattues sur le côté, le regard sévère et impatient. Décidément, elle mettait bien du temps à s'installer ! A peine fut-elle assise que le chat sauta sur ses genoux et, après deux ou trois tours sur lui-même ponctués d'affectueux coups de tête dans le cou de la jeune femme, se coucha en sphinx le long de ses cuisses, dardant sur Gilles un regard furieux : « tu ne vois pas que tu nous déranges ? »

« Comment vont Ludo et Raphaëlle ? demanda le jeune homme par pure politesse.

– Pas très fort. Tu savais qu'ils avaient une fille ?

– Non, c'est vrai ?

– Elle était hospitalisée au moment où nous avons fait leur connaissance. Raphaëlle m'a parlé d'elle il y a trois semaines à peine. Elle s'appelle Roxane. C'est curieux que nous n'en ayons jamais rien su, tu ne trouves pas ?

– Si, répondit Gilles.

– Il n'y a pas une seule photo d'elle, dans leur appartement.

– Pourquoi a-t-elle été hospitalisée ?

– Elle est atteinte d'une leucémie.

– Mince ! Elle va s'en sortir ?

– Je n'en sais rien, mais son état ne s'est pas amélioré depuis qu'elle est rentrée chez elle.

– Elle vit avec vous, en ce moment ?

Camille hocha la tête.

Quel âge a-t-elle ?

– Neuf ans.

– C'est triste. Est-ce qu'elle souffre ?

– Avec les calmants, elle dort presque toute la journée.

– Ça me fait vraiment de la peine pour Ludo et Raphaëlle.

–   C'est pour Roxane que j'ai le plus de peine, dit Camille, le nez dans son verre. Si tu la voyais, elle est si menue...

–   Bien sûr. Je ne l'ai jamais rencontrée mais j'imagine qu'une gamine de son âge dans cet état, ça doit faire peine à voir. Surtout pour les parents. Je crois que personne ne peut se figurer à quel point ça doit être pénible pour des parents de savoir la vie de leur enfant en danger.

Camille redressa la tête et lui envoya un sourire fatigué.

–   C'est vrai qu'ils sont dans un drôle d'état, eux aussi (elle soupira longuement). Parfois, je me dis que nous ne sommes que deux égoïstes, avec nos petites histoires de cœur. Tout ça est assez minable, en vérité.

Gilles ne fit aucun commentaire, ne sachant pas très bien à quoi le « tout ça » se rapportait : leur relation, leurs disputes ou l'égoïsme humain en général.

J'aimerais qu'on ne tarde pas trop à passer à table, je n'ai pas envie de me coucher tard, reprit Camille.

–   Tu as l'air vanné.

–   Un peu.

–   Si tu ne te sens pas de rester, on peut remettre la soirée à plus tard.

–   Non, je ne suis pas fatiguée au point de me passer de repas. Et puis je suis contente d'être ici, ça m'aère l'esprit. Qu'est-ce que tu nous as fait de bon ?

–   Rouleaux de printemps, crevettes sauce piquante et... je ne sais plus ; en fait, c'est le traiteur qui a choisi à ma place. Je sais que tu aimes la cuisine asiatique et moi je ne sais même pas par quel bout il faut tenir des baguettes. Alors j'ai demandé au traiteur de me donner ce qui serait susceptible de convenir le mieux pour un dîner aux chandelles.

Camille lui répondit par un sourire décontracté.

–   Je parie qu'il t'a proposé des biscuits au gingembre, pour le dessert.

–   Un truc au gingembre, oui, mais je ne suis pas sûr que ce soit des biscuits. Des confiseries, à ce qu'il m'a dit, même si ça ne ressemble pas vraiment à des bonbons Haribo ou des sucres d'orge. Comment as-tu deviné ?

Elle contempla le contenu de son verre et sourit d'un air vaguement condescendant.

– Si tu as parlé au traiteur d'un dîner aux chandelles, c'était couru d'avance.

– Pourquoi ça ?

– Le gingembre est réputé pour être aphrodisiaque, répondit-elle sans lever les yeux. Tu ne me feras jamais croire que tu ne le savais pas, Monsieur Culture Générale.

– Aucun aphrodisiaque au monde ne te remplacera.

Camille émit un petit rire et secoua la tête.

– Nous devrions passer à table avant que tu ne dises de nouvelles bêtises. »

55

Lorsque Camille se gara sur le gravier devant la villa des Yourgaintz, il était un peu plus d'une heure du matin. Les stores étaient normalement descendus et les volets fermés. Ce n'est qu'au moment de tourner la clef dans la serrure qu'elle aperçut de la lumière sous la porte. L'éclairage venait de la cuisine. Les autres pièces étaient plongées dans l'obscurité et la maison silencieuse. Intriguée, Camille se rendit dans la cuisine, où elle trouva Ludovic et Raphaëlle assis face à face, l'air sombre et absent.

« Que se passe-t-il ? demanda la jeune femme.

– Roxane n'arrivait pas à dormir, on a dû faire venir le médecin, fit Ludovic.

– Comment va-t-elle ?

– Mal, répondit Raphaëlle en allumant une cigarette.

– Je suis désolée.

Raphaëlle hocha impatiemment la tête.

– Les cachets ne lui font plus d'effet et les piqûres de morphine sont devenues insuffisantes, expliqua Ludovic. Elles ne la soulagent plus que quelques minutes au moment de l'injection. Le médecin l'a mise sous perfusion... Et toi, comment s'est passé ta soirée avec Gilles ? demanda-t-il avec un sourire forcé.

– On a prévu de se voir ce week-end, il doit m'appeler avant la fin de la semaine. Je suis vraiment navrée pour Roxane. Est-ce qu'elle dort, maintenant ?

– Oui, les tranquillisants ont agi très rapidement. »

Camille regardait Raphaëlle, qui fixait la table, perdue dans ses pensées. Elle s'avança derrière elle et lui passa les bras autour du cou, s'attendant à une rebuffade. Raphaëlle, cigarette entre les doigts, n'eut aucune réaction.

« Est-ce que je t'ennuie ? demanda doucement Camille dans son oreille.

    – Non, bien sûr que non, soupira son amie. Je suis juste épuisée. »

Ce furent les derniers mots qu'elle prononça pour le restant de la soirée. Elle ne réagit pas lorsque son mari proposa que tout le monde aille se coucher, pas plus que lorsque Camille lui demanda si elle voulait une tisane. Elle restait assise, le regard vague, portant de temps à autre la cigarette à ses lèvres.

Ludovic alla se coucher, sans insister outre mesure pour que sa femme l'accompagne. Camille resta environ un quart d'heure après lui, mais comme Raphaëlle ne parlait pas, elle finit par aller dormir elle aussi. Le lendemain matin, Ludovic trouva sa femme assise au même endroit, endormie, la tête entre les bras. Il compta quatorze cigarettes dans le cendrier, plus une qui avait achevé de se consumer sur la table, laissant une petite empreinte noirâtre sur le marbre rose. La cigarette avait roulé de la main droite de Raphaëlle sur son coude gauche avant d'arriver sur la table et une légère colonne de cendre était restée sur la manche de son chemisier. D'un geste délicat, Ludovic l'épousseta, satisfait de constater au passage que la cendre n'avait pas endommagé le tissu. Puis il regarda sa femme, se sentit pris d'une immense fatigue et, ses jambes ne le portant plus, s'assit en face d'elle, la tête vide de toute pensée.

56

Camille accepta une nouvelle invitation à dîner de Gilles pour le vendredi suivant. Après le dîner, ils s'installèrent devant *Un Automne à New-York*, une comédie romantique que Gilles avait sélectionnée sur son service de vidéo à la demande en prévision de la soirée. Gilles s'assit à une extrémité du canapé, de façon à profiter de l'accoudoir, et Camille s'étendit en biais entre ses bras. Ils restèrent immobiles, les yeux fixés sur l'écran, durant un long moment. Puis Camille se leva et rapporta son verre et la bouteille de Perrier sur la table basse devant eux. Elle se resservit et garda son verre à la main tandis qu'elle se pelotonnait à nouveau sur le sofa auprès de Gilles.

Le film touchait presque à sa fin et ils étaient toujours confortablement appuyés l'un contre l'autre. Assoupis sur le canapé, aucun d'eux ne prêtait attention à la télévision, allumée depuis deux bonnes heures. Camille n'avait bu qu'un verre de vin à l'apéritif, mais commençait à avoir sommeil. Gilles avait posé sa joue sur celle de la jeune femme et passé un bras autour de sa taille, qu'il caressait délicatement sans chercher davantage de complications. Il s'imprégnait du bruit de leurs deux souffles, de la chaleur de leur peau à travers les vêtements. Il attendit longtemps avant d'oser rompre le silence :

« Est-ce que... tu veux rester là, cette nuit ? »
Elle hocha la tête. Il hésita.

« Veux-tu qu'on dorme dans le même lit ou préfères-tu t'installer dans la chambre d'amis ?

— Je n'ai pas du tout envie de dormir seule », répondit-elle sans le regarder.

Elle avait parlé d'un ton grave, dont Gilles fut presque inquiet. Il la trouvait pâle et taciturne, or Camille n'avait jamais fait partie de cette catégorie de gens qui ont *le vin triste*. Au contraire, la moindre coupe de champagne la rendait euphorique.

« Veux-tu que je te fasse couler un bain ?

Elle secoua la tête et se releva lentement.

    – Je vais plutôt prendre une douche, si tu le permets.

    – Tu es chez toi », fit le jeune homme en souriant.

Gilles en profita pour aller changer les draps, se déshabiller et enfiler le short de sport rouge et noir qui lui servait de pyjama. Il venait juste de le passer lorsque Camille entra dans la chambre enveloppée d'une serviette de bain et se dirigea vers le placard de la chambre.

« Je vois que mes affaires n'ont pas changé de place, dit-elle après l'avoir ouvert.

    – Pourquoi auraient-elles changé de place ? »

Camille ne répondit pas, détacha la serviette de bain nouée autour de sa poitrine et la plia sur un cintre, suite à quoi elle prit sur une étagère un long t-shirt en coton blanc, qu'elle dut secouer pour qu'il se déroule entièrement. Elle l'observa un moment, comme si elle s'apprêtait à prendre à propos de ce t-shirt une décision capitale, puis le replia et le reposa sur l'étagère.

« Je n'arriverai pas à dormir », dit-elle, toujours tournée vers le placard.

Gilles vint se placer derrière elle et l'enlaça, le menton appuyé sur son épaule. Il l'empêcha de se retourner et écarta d'une main l'épaisse chevelure derrière laquelle était tapi un léopard prêt à bondir. Ce tatouage qui l'avait tant dérangé, la première fois, qui l'avait mis si mal à l'aise, il le trouvait superbe à présent. Il défilait sous ses yeux, sous ses mains, sous sa bouche, avec une fluidité surprenante. Camille, la tête inclinée sur le coté et légèrement en arrière, souffla quelques mots que Gilles ne comprit pas, puis se retourna brusquement et comprima son corps contre le sien. Elle lui avait fait mal, mais il ne voulut pas le montrer, heureux qu'elle puisse encore éprouver pour lui un désir aussi violent.

Lorsqu'il se réveilla, le lendemain matin, sa première pensée fut qu'il avait fait l'amour avec Camille. La seconde fut qu'il avait fait l'amour avec la mère de son futur enfant. La jeune femme était allongée sur le dos, un bras le long du corps, l'autre replié sur l'oreiller. Gilles souleva le drap avec d'infinies précautions, regarda Camille étendue, détendue, nue et endormie, puis il posa la main, tout doucement, sur son ventre. Il commença à fredonner :

« *Ma petite fille de rêve, même si tu veux pas, je t'enlève... je prendrai tes dentelles, ton ventre d'hirondelle, que je caresserai jusqu'au matin...* »

Camille ouvrit les yeux. Gilles lui sourit, s'empêcha de lui dire qu'il était heureux et de lui demander si elle l'était, parce qu'il trouvait ces paroles niaises, insipides et qu'elle serait certainement du même avis.

« J'ai froid », murmura-t-elle en cherchant à ramener le drap sur elle. Gilles la recouvrit jusqu'aux épaules et se serra contre elle, la main toujours posée sur son ventre. Camille avait refermé les yeux mais était restée sensible à la présence de Gilles, dont elle caressait la main qui allait et venait affectueusement autour de son nombril. Le jeune homme allongea le bras un peu plus, ses doigts vinrent agripper la hanche de son amie et il essaya de la ramener face à lui. Camille résista, sourcils contractés, et rouvrit les yeux.

« Arrête, on n'aurait déjà jamais dû le faire hier soir. »
Gilles se sentit envahi par un étrange sentiment de colère et de panique. Camille avait changé d'avis, elle pensait qu'ils avaient commis une erreur en faisant l'amour, qu'elle avait été folle de croire qu'ils pourraient repartir à zéro. Elle allait se lever, s'habiller, s'excuser - peut-être même pas - et lui dire qu'ils ne devaient plus jamais se revoir.

« C'est dangereux pour le bébé, à ce stade de la grossesse », fit Camille.
Gilles cacha son soulagement.

« Tu crois qu'il a senti quelque chose ? demanda-t-il.

— Bien sûr. Il a senti que son papa était une brute qui le rouait de coups avant même qu'il ne soit venu au monde.

— J'espère que je ne lui ai pas fait de mal, dit Gilles d'une voix anxieuse.

— Ne t'inquiète pas, il va très bien, le rassura Camille avec un sourire attendri.

–   Comment le sais-tu ?

–   Une mère sait toujours si son bébé va bien ou pas. Elle le sent.

–   Tu en parles comme si tu avais été mère une bonne douzaine de fois...

–   C'est un peu l'impression que j'ai.

Gilles appliqua délicatement la joue sur son ventre, à travers le drap.

–   Eh ! Là dedans ! chuchota-t-il, ça vous dirait de faire un bout de route avec moi ?

–   Toute la vie », répondit Camille.

En milieu de matinée, Camille essaya d'appeler Raphaëlle à son appartement mais personne ne décrocha : elle devait être dans son atelier. Camille laissa un message sur le répondeur, lui disant qu'elle était avec Gilles et qu'elle ne s'inquiète pas pour elle. Elle hésita - elle n'avait pas envie de délivrer cette information à une chose aussi impersonnelle qu'une bande magnétique - puis ajouta finalement qu'elle avait décidé de donner une seconde chance à son couple. « Je te rappelle dans la journée, je t'embrasse fort. Et Roxane et Ludo aussi. A bientôt », conclut-t-elle.

À midi, Gilles et Camille se composèrent des sandwiches avec les restes du repas de la veille et allèrent les manger au bord de l'océan. Ensuite, il firent main dans la main une promenade sur la plage, qui les mena jusqu'au pied de la jetée, où ils s'installèrent entre les rochers, à l'abri du vent et des regards. Ils échangèrent quelques caresses et baisers très chastes, tout en discutant de leur avenir et de celui de leur enfant. Camille était contre l'idée du mariage, qu'elle ne percevait qu'au travers de toute une série de tracasseries administratives, mais était d'accord pour que Gilles reconnaisse l'enfant et que ce dernier porte son nom. De son côté, Gilles était un peu déçu que Camille ne veuille pas devenir son épouse officielle, mais il lui céda de bonne grâce, car il ne voulait pas la contrarier. Il aborda l'éventualité de la vente de son appartement et d'un prêt bancaire complémentaire pour l'achat d'une maison. Camille lui dit qu'il était prématuré d'échafauder de tels projets dès à présent.

Le soir, en rentrant, ils trouvèrent un message de Raphaëlle sur le répondeur. Elle leur souhaitait bonne chance pour l'avenir et leur demandait de ne pas oublier d'envoyer un faire-part pour la naissance du bébé.

« Il faut qu'on aille chez eux, demain matin, dit Camille après avoir écouté.

– Tu as des affaires à récupérer ?

– Non, tout était resté ici. J'ai seulement acheté un *jean* en solde, quelques sous-vêtements et des produits pour la salle de bain. Raphaëlle me prêtait ses vêtements. D'ailleurs le chemisier que j'avais sur moi hier lui appartient. Il faudra le laver et le repasser avant de lui rapporter.

– Raphaëlle et toi n'avez pas du tout le même gabarit, tu devais nager dans ses vêtements !

– Je portais ses chemisiers noués à la taille et je mettais ses jupes avec une ceinture, voilà tout.

– Pourquoi veux-tu retourner là-bas, si tu n'as rien à y prendre ?

– Je ne peux pas partir sans les avoir remerciés. Ils m'ont logée pendant pratiquement deux mois et ils ont été adorables avec moi.

– Je suis bien d'accord, reprit Gilles d'un ton patient, la moindre des politesses est que tu les remercies, mais il n'est peut-être pas nécessaire d'aller les déranger. Tu pourrais te contenter de leur téléphoner, ce soir à l'heure du repas pour être sûre qu'ils soient chez eux, ou leur envoyer un courrier de remerciement, qu'en penses-tu ?

– Non, il faut qu'on aille les voir ensemble. Ils se sont faits assez de souci pour nous, je crois que ça leur ferait très plaisir de nous voir tous les deux. De toute façon, il faut que je leur rende leurs clés et la télécommande du portail, ils m'en avaient donné un double.

– Si tu y tiens.

– J'y tiens. J'aimerais qu'on leur achète un bouquet de roses. Qu'est-ce que tu en dis ? demanda-t-elle d'un air enthousiaste.

– Pourquoi des roses ?

– Je ne sais pas. Dans le langage des fleurs, les roses expriment des sentiments très forts : l'amour, la loyauté, la tendresse... Enfin, je crois.

– Chaque rose a une signification différente selon sa couleur.

– Aucune importance ! s'exclama Camille avec bonne humeur. Je veux leur offrir un bouquet de toutes les couleurs. Je veux qu'il y ait des roses rouges, des roses rose, des jaunes, des blanches... J'en ai même vu des bleues, une fois !

– Elles étaient teintes, les roses bleues n'existent pas.

– Ne commence pas à me reprendre sans arrêt, lui reprocha Camille.

– Je ne te reprenais pas, je te fournissais un complément d'information », dit-il avec un sérieux affecté.

Elle lui tira la langue. Gilles avait oublié cet aspect-là de sa personnalité et fut désarmé devant cette grimace juvénile. Comme chaque fois qu'il ne savait quelle attitude adopter face à Camille, il se pencha en avant, entoura délicatement son visage de ses mains et déposa un baiser sur ses lèvres. La jeune femme retint sa bouche contre la sienne et le mordilla gentiment, avant de lui passer les deux bras autour du cou.

« Quand peux-tu m'accompagner chez Rapha et Ludo ? demanda-t-elle en s'écartant légèrement.

– Quand tu veux, je suis en congé toute la semaine.

– Demain matin, avant que je prenne mon service ?

– Si tu veux.

Il l'étreignit par la taille et l'embrassa à nouveau, de façon plus appuyée.

– Les places de concert sont bradées, aujourd'hui, souffla-t-elle contre sa bouche.

– Pourquoi dis-tu ça ?

– N'étais tu pas en train de me proposer un nouveau *direct live* ?

Il sourit et appuya son front contre le sien :

– Les meilleures places au meilleur prix.

– Je réserve pour le mois prochain, dit Camille, quand le bébé ne risquera plus rien. »

Gilles fit une moue dépitée. L'espace d'un instant, il avait oublié qu'ils se devaient de prendre des précautions. La perspective de passer tout un mois auprès de Camille sans pouvoir la toucher ou presque, après bientôt huit semaines de séparation, lui était insupportable. Leur dernière nuit d'amour, la veille au soir, n'avait fait que raviver son désir et rendre plus difficile encore l'idée des privations à venir. Il n'était pas certain, du reste, que la lubie de Camille ait le moindre fondement scientifique, mais il n'entendait pas l'affronter sur ce terrain.

« Un mois, ce n'est pas si long, tu verras », le consola Camille.

57

Planté devant la villa des Yourgaintz, Gilles appuya longuement et à plusieurs reprises sur le bouton du parlophone. Comme il n'obtenait aucune réponse, Camille utilisa son boîtier de commande à distance pour ouvrir le portail et Gilles lui emboîta le pas dans l'allée :

« C'est bizarre, tous les stores sont descendus, commenta-t-il. Ils se sont peut-être absentés, nous ferions mieux de revenir une prochaine fois.

Camille s'arrêta devant la porte, les clefs à la main, le visage soudain décomposé :

– Il est arrivé quelque chose de grave.

– Pourquoi dis-tu ça ? » demanda Gilles avec surprise.

Camille entra dans l'appartement et se dirigea aussitôt vers la chambre de Roxane. Ludovic et Raphaëlle étaient la, de part et d'autre du lit, silencieux et immobiles. Ludovic debout face à la porte, les mains dans le dos et Raphaëlle agenouillée devant la silhouette de sa fille, les doigts étroitement emmêlés à ceux de l'enfant.

Camille comprit avant même d'avoir posé la question.

« Roxane ?

– Elle est morte, fit Ludovic.

– Oh ! Mon Dieu, ce n'est pas possible... Est-ce que... Est-ce que vous avez appelé un médecin ? balbutia-t-elle.

– Non, ça ne servirait à rien, maintenant.

– Mais... Est-ce que vous êtes sûrs... ? insista Camille.

– Raphaëlle l'a trouvée allongée dans son lit, exactement comme elle est là, à huit heures ce matin. Elle n'a pas réussi à la réveiller. Sa peau était froide, elle ne respirait plus et son cœur avait cessé de battre.

– Il va falloir faire venir un médecin pour constater le décès, la loi l'exige, hasarda Gilles.

– Dehors ! hurla soudain Ludovic. Foutez le camp d'ici ! Personne ne touchera à ma fille, personne ! Vous et votre loi, je vous emmerde ! Que les médecins aillent au Diable ! Que le monde entier aille au Diable ! Maintenant, allez vous-en tous les deux avant que je ne vous casse la gueule ! Sortez et ne revenez jamais plus ! »

Ludovic fit un pas en avant, le visage menaçant, puis éclata brusquement en sanglots. Camille et Gilles restaient là, les bras ballants, démunis. Le cadavre de l'enfant était partout dans la pièce, entre chacun d'entre eux, les rendant étrangers les uns aux autres. Le visage bouleversé, Camille finit par tendre la main dans le vide.

« Vous voulez bien nous laisser, à présent ? » fit Raphaëlle d'une voix détimbrée.

Elle ne s'était pas retournée et le jeune couple, indécis, ne pouvait apercevoir son visage. Seul Ludovic, resté debout en face de sa femme, voyait ses traits glacés, ses yeux calmes, fixes, éternellement secs et opaques.

58

L'été était là, avec la pleine chaleur du mois d'août. Heureusement, une légère brise apportait un peu de fraîcheur sur le littoral. La villa était superbe. A rafraîchir, se disait Camille en observant la peinture écaillée de la façade, mais superbe. La plomberie, les installations sanitaires et électriques, tout était parfaitement fonctionnel, La toiture avait été récemment refaite et le jardin, une fois défriché et replanté (avec une demi-douzaine de buissons de roses pour commencer, songeait la jeune femme), serait magnifique. La terrasse sur laquelle Camille prenait le soleil était orientée plein sud, il n'y avait aucun vis-à-vis et du premier étage de la maison, on pouvait même apercevoir l'océan. Une affaire, vraiment, Gilles et elle avait de quoi être contents de leur achat. Sans compter le barbecue en pierre, sur la terrasse couverte : un petit luxe idéal pour les soirées d'été entre amis. Dommage qu'en dehors de sa sœur et de son beau-frère, qui étaient venus dîner la veille au soir, ils aient eu si peu de monde inviter.

Raphaëlle et Ludovic ne leur avaient plus donné signe de vie depuis qu'il s'étaient trouvés tous les quatre dans la chambre de Roxane. « *Vous voulez bien nous laisser, à présent ?* » : cette tournure de politesse incongrue revenait aux oreilles de Camille à chaque fois qu'elle s'interrogeait sur ce qu'étaient devenus ses amis. Elle avait essayé de les appeler à plusieurs reprises, mais était toujours tombée sur le répondeur, la voix pressée et *je-m'en-foutiste* de Raphaëlle : « Nous sommes absents, merci de laisser un message après le bip ». Camille leur avait laissé plusieurs messages, sans succès. Elle leur avait envoyé une carte postale de

182

son dernier week-end à Venise en compagnie de Gilles, à laquelle ils n'avaient pas répondu. Le terme de la grossesse approchait et Gilles prétendait qu'il était inutile de compter Ludovic et Raphaëlle parmi les destinataires des faire-parts. Camille campait néanmoins sur ses positions : elle leur avait promis de leur envoyer un faire-part à la naissance du bébé et il était très important pour elle d'honorer cette promesse. D'ailleurs, si Camille n'en avait encore rien dit à Gilles, elle avait bien l'intention de les inviter également au baptême, peut-être même demanderait-elle à Ludovic d'être le parrain de leur petite fille, puisqu'il avait été décidé que la marraine serait la belle-sœur de Gilles.

« Est-ce que tu m'aimes ? »

Elle hocha la tête avec lassitude. Depuis qu'ils vivaient à nouveau ensemble, elle le trouvait anxieux, encombrant, lâche et inintéressant. Il répétait les mêmes phrases, posait les mêmes questions, à longueur de journée. Il lui tournait autour sans arrêt, tâchait de devancer le moindre de ses désirs, l'irritait par son obsession même à vouloir qu'elle ne manquât de rien, boissons, confiseries, bijoux et vêtements. Il avait peur de la perdre. Loin de le lui rendre plus attendrissant qu'auparavant, cette évidence le faisait paraître à ses yeux atrocement pathétique. Chaque fois que Camille le regardait, elle ne voyait qu'un être faible, dénué de courage, de confiance en lui et en elle, quelqu'un qui doute de tout et sur qui on ne peut pas s'appuyer.

Gilles se pencha en avant dans l'intention de lui resservir un verre de citronnade fraîche. Elle refusa poliment d'un geste de la main et tourna son regard vers le buisson de laurier rose. Deux bourdons jaune et noir, les pattes chargées de pollen, se croisaient au-dessus des fleurs sans jamais se toucher.

Imprimeur :

Amazon Fulfillment
Poland Sp. z o.o., Wroclaw

Mise en page : éditions LCA